陰キャだった俺の青春リベンジ
2
天使すぎるあの娘と歩むReライフ
慶野由
JN099210

俺の変化や努力を
いち早く褒めてくれたのは……
いつも紫条院さんだった。
「しかも勉強を
教えて欲しいって……
こんな俺を頼りに
してくれた……。
それが俺は泣きたく
なるほど嬉しくて……
だから、その信頼に
最後まで応えたいんだ……」
「新浜君……」
ダメだ、ねむい。
ねむくて、あたまがはたらかない。

「それに……紫条院さんと
一緒に勉強できるこの時間が……
少しでも長く続いて欲しいから……」
「え――」

「あそこまで私に付き合ってくれた新浜君の力添えを
フイにするような成績だったらどうしようって……
それだけが不安だったんです」
そして、紫条院さんは
俺をじっと見つめた。
その瞳にあるのは深い感謝と――
晴れ晴れとした想い。
「新浜君のおかげで
ここまでできました――
そう胸を張って言いたかったから」

言って、紫条院さんは
満ち足りた笑みを浮かべた。

「新浜君が『今、紫条院さんに
摑みかかろうとしただろ？
やめろよそういうのは』って
かばってくれたんです！」
Shijoin Haruka
紫条院 春華
天真爛漫で誰にでも優しく、
学校で一番と評判の美少女。
新浜が開いてくれた勉強会の
お礼に手料理でもてなす。
Niihama Shinichiro
新浜 心一郎
高校二年生に
タイムリープしていた元社畜。
大人のメンタルで
2週目の青春を謳歌している。

「ふんふんふんふん！
それで!?
そこからどうなったの!?」
ちくしょう、秋子さんの方も
目をキラキラさせて食いついてやがる！
Shijoin Akiko
紫条院 秋子
春華の母。
少女漫画にドハマりしていて
娘の恋愛事情にも興味津々。

第2巻も
スタートです！

陰キャだった俺の青春リベンジ2

天使すぎるあの娘と歩むReライフ

慶野由志

角川スニーカー文庫

23197

CONTENTS

illustration by たん旦
design by 百足屋ユウコ＋小久江 厚（ムシカゴグラフィクス）

プロローグ　文化祭の夜に紫条院家にて

文化祭終了後の夜。

夕方をとっくに越して夜の帳が下りたこの時間に、俺――新浜心一郎は今、人生において二度目となる女の子との下校を果たしていた。

「その、すみません新浜君。家が近くでもないのにまた送らせてしまって……」

隣を歩く少女が、申し訳なさそうにおずおずと言う。

彼女の名前は紫条院春華。

神様が手ずから造形したような奇跡的な美貌を持つ少女であり、上品な喋り方と相まって、お伽噺に出てくるお姫様のような雰囲気を持つ。

大きくて宝石のような瞳も、真珠のように艶のある肌も、最上のシルクのような髪も、何もかも綺麗すぎて一緒にいると誰もが目を奪われてしまうだろう。

(今更だけど、本当に可愛いなこの娘は……)

愛らしくていつだって天使すぎる少女が、この夜闇の中でも眩しく映る。

そして――そんな彼女の意識と視線は今、隣を歩く俺へと向けられていた。

（紫条院さんと一緒に夜道を歩くなんて、『前世』だと妄想でしかなかったけど……これでもう二回目か。本当に嘘みたいだ……）

『前世』などという言葉を使うのは、俺が二周目の人生を生きているからだ。

失敗だらけの人生を送って社畜として過労死した俺だが……運命にいかなるバグが発生したのか、目が覚めたら大人の記憶を保持したまま高校時代に戻っていたのだ。

もちろんそんな超絶的な現象には死ぬほど驚いたし、今もってその理屈も意味もさっぱりわからない。だが……どうせなら後悔だらけだった人生を今度こそ明るいものにしようと誓った現在、セカンドチャンスの青春をひたすら突っ走っているところである。

「いやいや、下校が遅くなったのは完全に俺のせいだろ。すっかり暗くなってるし、送らない方がありえないって」

大人としての感覚を持っている俺からすれば、こんな暗い夜道を女の子一人で歩かせるなんて許容できない。

それに、そもそも最終下校時刻ギリギリまで俺たちが学校にいたのは、文化祭の疲れで寝てしまっていた俺を紫条院さんが待っていてくれたからなのだ。

「ふふ、ありがとうございます。こうやって新浜君と一緒に帰るのは二度目ですけど……この間と同じでとっても楽しいですね！」

「……っ」

ぺかーっ！　という擬音さえ聞こえそうな眩い笑顔で、天然お嬢様は無邪気な言葉を口にする。そして、そんな彼女の振る舞いこそ俺の男心をかき乱すのだ。

その綺麗な顔で男を勘違いさせるような天真爛漫さを発揮するのはいつものことだが、今の俺にはそういう魅力と好意のダイレクトアタックが昨日まで以上に効いてしまう。

（ぐううぅ……！　社会人として培ったポーカーフェイスで隠しているけど……さっきから心臓が鳴り止まない……！）

だが我ながらそれは無理もないことだった。

何せ、俺はついさきほど紫条院さんへの恋愛感情を自覚したばかりなのだ。

それも、その想いは典型的な陰キャのまま終わってしまった『前世』の高校時代から無意識に抱き続けていたものだと発覚し、こうして隣を歩いているだけでも問答無用の多幸感が俺を包んでくるのである。

（夜闇の中で良かった……明日の朝に太陽の下で輝く紫条院さんの笑顔を見たら、一体どうなってしまうんだ俺は……）

現在のこの『俺』は経験値やメンタルの強さこそ大人のままだが、感情や思考のウブさは高校生相当のものになってしまっている。なので、こうして想いを寄せる少女の側にいるだけで、思春期全開でドキドキしてしまうのだ。

まあ、前世は誰とも交際できないまま終わってしまったので、そっち方面の経験が絶無な点も大きいのかもしれないが……。

「あ、新浜君やっぱりまだぽやぽやしていますね。ちょっとまだ目が覚めていない感じですか？」

「え？　あ、ああ……まだちょっとな」

俺はさっきから紫条院さんの顔をまともに見られず、しきりにそわそわしている。

そんな不審状態を、起き抜けの俺がまだ若干寝ぼけているからだとこの天然少女は思っているようだった。

（まあ……膝枕されてる状態で起きた時、照れ隠しのために俺が『起きたばかりで寝ぼけてて、膝枕をしてもらった自覚はありません』みたいに振る舞ったからだろうけど）

教室で紫条院さんの白い太ももに頭を横たえていた時の感触と甘い香りが蘇り、頬が熱を帯びて紅潮する。

（俺にとって前世からずっと神聖な存在だった紫条院さんに膝枕してもらうなんて、それこそ夢みたいなシチュエーションだったな……）

自分の恋心を自覚してハイテンションになっているからこそ今はまだ大丈夫だが、家に帰って冷静に膝枕タイムを思い出したら喜びと羞恥で悶絶する自信がある。

「……と、着いたな」

目的地点に到達し、俺たちは足を止めた。

郊外の一角にドンと建っている目の前の豪邸こそ、紫条院家の屋敷である。

だだっ広い庭と高い塀に囲まれており、門には監視カメラがいくつも付いている。

こうして眺めるのは二度目だが、いつ見ても社会の格差というものを感じてしまう。

（相変わらず凄い家だな……仮に紫条院さんと首尾良く恋人になれたとしたら、その時はこのお城みたいな家に挨拶しに行かないといけないのか……？）

まあ、俺の恋が成就したとしても、そんなことは相当先の話だ。我ながら気が早すぎて、若干キモいぞと自分自身にツッコミを入れる。

「あの……新浜君」

「ん？」

紫条院さんが、やや真剣な面持ちで俺を見ていた。

「今日は……」

夜闇でこちらの姿がよく見えないからか、紫条院さんは俺のすぐ側で口を開く。

「今日は、小学校から今までの学校生活で一番楽しかったです」

切り出したその声音には、若干の緊張と強い気持ちがこもっていた。

「嘘みたいに楽しくて、何もかも願っていた通りの文化祭で……大人になってもこの日のことは絶対に忘れないと思います」

言葉を切り、少女はなおも続ける。

「だから、ありがとうございます新浜君。何だか今日はお礼を言ってばかりのような気がしますけど……どれだけ感謝してもし足りないんです」

「いやそんな……あの文化祭は俺だけの手柄じゃなくて、クラス全体がうまくそういう流れになった結果だって。紫条院さんだってめっちゃ頑張ってただろ」

「ええ、けれど……新浜君がいなかったら間違いなくあんなに素敵な一日になっていませんん。こんなにポカポカした温かい気持ちにも……絶対に辿り着けなかったと思います」

祭りの後の高揚と溢れ出る喜びのせいか、紫条院さんの瞳は潤んでいた。

その表情が意味するところは、俺にはよく理解できた。

自分には与えられないと思っていた、楽しくて華やかな青春の一ページ。

物語の中にしか存在しないと思っていた十代の夢。

それが現実となった興奮は、心底理解できる。

何せ、俺こそ現在進行系で未知の青春に興奮している人間だからだ。前世では無味乾燥だった学校生活がここまで鮮烈なものになった感動に、ここ最近は心が毎日躍っている。

（本当はこっちがお礼を言いたいんだよな……紫条院さんと過ごす二周目の高校生活の尊さと言ったらない）

少女の感謝と笑顔が心地よすぎて、ふと気付けば俺はずっと紫条院さんの顔を眺めていた。そして――

「「あ……」」

ごく近い距離で、俺たちは同時に声を漏らした。

その理由は、お互いに気付いたからだ。

祭りの後で心地よい高揚感を共有していた俺たちは、さっきからずっとごく近距離で見つめ合っているという事実に。

「その、ごめん……ジロジロ見すぎた」

「あ、いえ……」

気恥ずかしさに押されるように視線を外し、俺は内心のドキドキを隠して言った。

そして紫条院さんもまた、落ち着かない様子で頬を赤くしていた。

いかん……つい好きな女の子の顔を見るのに夢中になりすぎた。

「そ、それじゃ、また明日な紫条院さん！」

「は、はい！　新浜君は人一倍頑張ったんですから、本当にゆっくり休んでくださいね！」

別れの言葉を交わして、俺は紫条院家に背を向けて立ち去る。

胸には昨日まではまるで違う高鳴りがある。

ずっと自分が忘れていた恋心が、立ち去る未練を助長して頬に未知の熱を宿らせる。

前世で封印してしまっていたこの気持ちを、今度こそ大切にしようと誓いつつ──俺は自宅へ向けて夜闇の中を歩き出した。

＊

私の名は紫条院時宗。

千秋楽書店という全国規模の大会社を経営している社長であり、いくつになっても二十代のように若々しく美しい妻と、天使そのものの娘を持つ勝ち組オブ勝ち組の五十歳だ。

仕事はなかなかに忙しいが、だからこそ我が家でリフレッシュする時間は癒やしであり、今晩も豪華なソファの柔らかさと高級ワインの味を堪能していた。

自分で言うのもなんだが、誰もが羨む人生を送っているだろう。

一般家庭出身の私が思えば遠くに来たものだと、毎朝手入れしている口髭を撫でながらふと感慨にふけってしまう。まあ、それはいいのだが――

「おい、秋子。さっきの春華、何か変じゃなかったか？」

「あら？　変って何がかしら？」

私の向かいのソファに座る妻の秋子は、春華の美しい顔がそのまま年齢を重ねたかのように似ており、しかも姉妹に間違えられるほどに若々しい。

紫条院家の令嬢だった彼女に私が惚れて結婚にこぎ着けたのだが、春華の天真爛漫なところは確実に母親似である。

「いや、さっき春華が帰ってきた時、良いことでもあったみたいに何だかずっとニコニコして浮かれていただろう」

「そうねぇ。やっぱり男の子に家の前まで送ってもらったからじゃないかしら？」

「ほお、なるほど男に家まで…………な、なんだとぉぉぉ⁉」

のんびりとした口調で妻が告げた言葉に、私の口から驚愕の絶叫が迸った。

「ふふ、びっくりしたわ。さっき監視カメラでちょっと様子を見てみたんだけど……家の前で同級生っぽい男の子と熱心に話してるんだもの」

秋子は上機嫌で楽しげに語っているが、男親である私には悪夢の報告でしかない。

「男に送ってもらっただと……！　ま、まさか彼氏じゃないだろうな⁉」

「まあ彼氏と決まった訳じゃないけど、春華が男の子と一緒に帰ってくるなんて初めてなのは確かねぇ。ふふ、あの子は我が娘ながら天然すぎてそういう話が全然なかったけど……これがきっかけで恋が芽生えたら素敵ね♪」

「全然良くない……！　春華が恋⁉　そんなことあり得ていいはずがない！　高校生で恋なんて早すぎる……！」

「まあ、本気で言っているのならかなりキモいわ時宗さん」

笑顔の妻からの毒舌が胸に刺さるが、それでも私はそれを認めない。

妻は娘の周囲に現れた男の気配を歓迎しているようだが、男なんてものは高確率で狼か毒虫の類いだ。春華がカモにされる危険性を無視する訳にはいかない。

「あの子はあまりにも純真すぎる！　親としてはいつまでも可愛くて結構だが……あの可愛さに釣られてやってくる男に対する術を何も知らんのだ！　その分こうやって親が目を光らせる必要があるだろう！」

「んー……確かにそこを言われたらちょっと弱いわね。あの子ったらちょっと可愛すぎる上に、私以上にほわほわしているものねぇ……」

春華の警戒心の薄さを指摘すると、妻もそこは無視できないようだった。

そう、春華の容姿も問題なのだ。あの可愛さであれば、男がいくら寄ってきても不思議じゃない。娘の希望で公立の高校に通わせているが、本当はもう少しタチの悪い子どもを排除できる環境に置いてやりたかった。

まあ……だからと言って金持ちの子息ばかりが通う名門私立学校にタチの悪い奴らがいないかと言えば、絶対にノーだが。

「でも時宗さん、春華だってもう十六歳よ？　あんまり干渉しすぎると『お父様なんて大っ嫌い！』っていう定番の台詞で刺してくるわよー？」

「ぐ……それは確かに望ましいことじゃないが、私がどれだけ嫌われようと親としての務めというものがある。どこの馬の骨ともわからない男を春華に近づけるのは許容できん！」

「まあ、家柄のせいで世間知らずだった私を口説き落とした時、弱小ベンチャー企業の社長だったあなたが言うの？　父だってさんざんあなたを悪い虫扱いしてたのよ？」

「いやそれは……君に惚れたから仕方ないだろう！」

「……もう、時宗さん。そういうことはもっと良いムードの時に言いなさいっ」

「う、うむ……」

ぷいっと顔を背けた妻は、やや頰を赤くして抗議してきた。

　こういう少女っぽいところは、出会った時から全く変わっていない。

「まあ、もしかしたらいつか家に連れてくるかもしれないわね。そこまで行ったらじっくりどんな子か見てあげたらいいじゃない」

「ふん！　もしそいつが家に挨拶などに来ようものなら、十億の商談レベルで圧迫面接をかけてやる！　根性がないそこらのガキなんて二度と春華に近づかなくなるだろう！」

「あら、あの子の選んだ男の子なら意外と耐えられるかもしれないわよ？」

「あっはっは！　ないない！　百戦錬磨の営業のプロでもプレッシャーに負けて魂が飛んでいくんだぞ！　もし耐えられるとすれば……そうだな。人間の尊厳を奪われて毎日罵声を浴びせられて、あらゆる理不尽を乗り越えてなお心が壊れなかった奴隷兵士の精鋭みたいな奴とか？」

　もちろん高校生でそんな奴がいる訳がない。

　だが正直それくらいの心の強さがある奴でないと、娘を預けるには足らないのだ。

「ふっ、もし私の本気度一〇〇％の圧迫面接に耐えられる男だったら春華との交際どころか結婚を許可したっていいぞ！　それくらい無理な話だ！」

　私はまだ見ぬ悪い虫の魂を飛ばしてやる様を想像して呵々と笑い、そんな様を見て妻は「ふーん……」と意味ありげな笑みを浮かべていた。

一章　カーストトップの俺様系イケメンが因縁をつけてきた

文化祭が終わって一週間後の今日、放課後の校舎を歩く俺の足取りは軽かった。

タコ焼き喫茶でのトラブルを回避するために酷使した体は、翌日にかなりの筋肉痛になったが……若い肉体の回復力によって二日と経たずに痛みはなくなってくれたのだ。

（終わってみれば最高に楽しい文化祭だったけど、やっぱり激務すぎたな……。風見原の奴が俺に押しつけた役職は文化祭実行委員アドバイザーなんて名前だったけど、実質ほぼ全面監督だったし）

文化祭の後夜祭でうっかり寝てしまったのも、その蓄積した疲れが原因だ。

（あの時何で紫条院さんだけが教室に残っていたのか不思議だったけど、俺を少しでも長く寝かせるために側についていてくれたなんて……本当に優しい女の子だよな）

マイペースなメガネ少女・風見原にその経緯を聞いた時、紫条院さんの思いやりに俺が惚れ直したのは言うまでもない。

（しかし、ようやく紫条院さんの顔を見ても平静を保てるようになってきたな。文化祭の夜に送った時はまだ高揚感が効いてたからマシだったけど、翌朝の登校中に会った時とか本当にやばかった……）

自覚した恋心は蓄積した年月のせいか殊更に強いようで、紫条院さんの顔を見たり声を聞いたりするだけで自分の心が激烈に喜んでいるのを感じてしまう。

おかげで、文化祭翌日からしばらくはちょっとドギマギしてしまったが、それもようやく平静を装うことくらいはできるようになってきた。

（あの文化祭でクラスの奴らも俺を結構認めてくれたようだし、本当に平和だな。まあ、もうすぐ期末テストだしそうそう気を抜いてもいられないけどさ）

期末テストについては、俺は自分のことより紫条院さんのことが気になっていた。

中間テストが散々だった紫条院さんは、お父さんから『次のテストの総合点が平均点以下だったらしばらくラノベは禁止！』と言われてしまったようで、涙目になったラノベ好き少女から勉強を教えて欲しいと頼まれたのが文化祭前のことである。

そうして俺と紫条院さんは何度も放課後の勉強会を開いていたのだが、紫条院さんのテスト対策は本人の学習意欲の高さも相まって中々順調ではある。

（文化祭準備の間は勉強会の頻度を減らしていたから、ここからちょっとペースを上げるか。ふふ、それにしても……勉強が最優先なのはわきまえているけど、やっぱり二人っきりで過ごせるのは嬉しいな……）

これまで幾度も過ごしてきた二人だけの勉強会を思い出して、俺の胸は微かに高鳴って温かい多幸感に包まれる。

タイムリープして得た二度目の青春はまだまだ始まったばかりだが……こうして健やかな気持ちで毎日を過ごせるだけでまずは成功と言えるだろう。

そして、俺がそんな穏やかな気分に浸っていると——

「お前、身の程をわきまえろ」

「は？」

人の気配が失せた放課後の廊下で、俺にツカツカと歩み寄ってきたその男子生徒は唐突に意味不明なことを言い出した。

（誰だこいつ？　やたらとイケメンだけど……）

そいつへの第一印象は『少女漫画に出てくる王子系俺様イケメン』だった。

身長は高く、校則を無視した長めの髪型をしており態度は尊大。

全体的に高圧的な雰囲気で、相手をごく自然に下に位置づける視線。

一目見ただけで、傍若無人という言葉が脳裏に浮かぶ。

「なんだその反応は？　お前が新浜なんだろう？」

「いやそうだけど……お前誰だよ」

「……なに？　まさかお前、俺を知らないのか？　まったく……これだから雑魚は辟易するな。愚鈍にもほどがある」

はあああああああああ!?

友達でもない別クラスの男子の名前なんて知るかアホ！

「俺は二年の御剣隼人だ。御剣グループの名前はいくらなんでも聞いたことがあるだろう」

（御剣？　御剣ってあの……？）

この土地では有名な有力者の家で、子会社や関連会社を多く抱えた御剣グループというものを運営している総元締めだ。全国レベルではないが近隣の県ほどまでは権勢を広げており、富豪の一族と言えるだろう。

そして話の流れからするに、こいつはそのお坊ちゃまということらしい。

（前世の高校時代でも、そういう公立に似つかわしくない金持ちの息子が学校にいるとは聞いていたけど……全く接点がなかったな。こんなにムカつく性格をしていたとは）

そう言えば、今世でも銀次や他の男子がチラッと話題にしていたような気がする。

確か家が金持ちというだけじゃなくて、勉強もスポーツも何でもできて女子からの人気もある完璧超人だとかなんとか。

（しかし外見も中身も完全に俺様系だな……しかも学校カースト最上位か）

ただでさえ高身長かつ美男子なのに、実家が地元に本拠地を持つグループ会社の総元締めであり文武ともに優秀。学校内における最高クラスの存在と言っていいだろう。

「それで？　身の程云々って何のことだよ」

「春華のことに決まってる」

なっ……！　おいこらてめえ！

何呼び捨てにしてるんだこの野郎……！

「あいつに近づくな。お前が一緒にいていいランクの女じゃない」

「はあ？　なんでお前にそんなことを言われないといけないんだ？」

「わからないのか？　お前なんかが春華と一緒にいるだけで罪悪なんだ」

御剣とやらは、まるで馬鹿な子どもに常識を教えるように言う。

「いいか。お前みたいな顔も頭も金もない奴は『下』だ。俺や春華のようにその全てを持っている人間は『上』だ。最上の宝石にそこらのハエが止まっていたら誰だって駆除しようとするだろう？」

俺様系なのはすでに理解していたが、言ってることが傲慢というレベルではない。

まるでファンタジー小説で庶民の主人公を差別する悪役名門貴族だ。

「だから紫条院さんに近づくなって？　それを言うお前は何なんだよ。何の権利があってそんな一方的な要求を押しつけてくるんだ」

俺が憮然とした表情で言うと、御剣はこちらを馬鹿にするようにフッと笑った。

「聞きたいか？　なら教えてやる。俺と春華は将来を共にする仲だ」

なん……だって？

「家の格が似つかわしい者同士として、俺たちは幼少の頃から慣れ親しんでいる。春華はいずれ俺の側に立つと決まっているんだよ」

「っ⁉」

自信たっぷりに言う御剣の言葉に、俺の胸が激しく揺さぶられた。

幼少より親しんだ仲って……まさか幼馴染みって意味か？

そして、将来を共にするってことは、まさか伝統のある家同士がそういう取り決めを？

（そんな馬鹿な……）

先日恋心を自覚したばかりの心に、鋭い刃が突き刺さる。

驚愕、不安、困惑、衝撃——そんな感情がない交ぜになって軽い嘔吐感すら覚えた。

自分の好きな相手がいけ好かない相手に奪われるかもしれない——そう考えただけで足元から奈落(ならく)へ落ちてしまうような恐怖がこみ上げる。

「どれだけ自分が場違いなのかわかっただろう？　さっさと春華の前から失せろ」

前世で失恋すら経験できなかったため、俺の大人のメンタルも恋愛に関する痛みにだけは耐性がない。未体験の怖さに身がすくみ、目の前にいるスクールカーストのトップが放つ言葉に打ちのめされる。

だが——

「断るに決まってるだろ。寝言は寝て言え」

「何だと……!?」

俺は歯を食いしばり、御剣を真正面から見据えて言った。

この傲慢野郎の言葉にダメージがないかと言われたらノーだが、傷ついたメンタルを立て直すのには慣れている。この程度で俺が黙って俯(うつむ)くと思っていたのなら大間違いだよ腐れイケメン……！

「一瞬お前の言葉に驚いちまったけどな……冷静に考えたら、お前一言も恋人とか彼女とか言ってないだろ。つまり、お前はまだそういう確定的なポジションまで行ってないってことだ」

「っ、貴様……っ！」

よし、図星だ。人生初の失恋の危機にちょっと怯んでしまったが、その苦虫を潰したような顔を見たら元気が出てきたぞ俺様君。

「減らず口を言うばかりか、俺の要求を断るだと……⁉　ふざけるな！　お前みたいな雑魚にそんな権利があると思ってるのか⁉」

いやいやいや、ふざけるなはこっちの台詞だよ。

どういう思考回路してんだこいつは。もはやヤバイ人でしかないぞ。

社畜生活の中でもここまでの奴にはそうそうお目にかかったことは――

（あー……いや、思い出したら普通にいたな……）

社長の息子ってだけで役員をやっているドラ息子とか、エリート街道を歩いてきた超高学歴な奴とかがそうだった。

彼らは自分を上級な存在――言うなれば貴族であり、周囲の人間は下級な愚民だと信じきっている。なので常識とかマナーとかそういうものがぶっ壊れており、時代錯誤なまでに自意識が肥大しきった物言いをする。

そう例えば――

『俺は社長の息子だぞ！　新入社員だからって係長ごときに指示されてたまるか！　お前

らは全員俺の家に雇われた奴隷なんだってわかんないのか⁉』

『俺はアメリカのM大出てんの。わかる？　お前らみたいな有象無象とはランクが違うの。そこんとこはいくら学歴のない頭でも理解してよ』

……とまあそんな感じだったな。

あくまで俺の考えだが、人間は器がちっちゃいので周囲よりちょっとでも能力や権力があれば、すぐに自分を偉大な存在だと錯覚して他人を軽んじるようになるものだ。

部活の先輩や会社の上司程度の権力でパワハラに走るのがその典型であり、周囲に自分より偉い存在や優れた存在がいないと、それに歯止めがかかることはない。

（顔が良くて女子にモテるだけでもとてつもない発言力を持つのに、勉強やスポーツもできるとなれば学生レベルじゃ誰も文句は言えないな。そりゃここまで高慢ちきな性格にもなるか）

とは言え、全く表面を取り繕わずにここまで傲慢不遜に振る舞う奴も珍しい。

もはや貴族を超えて自分を王子か何かだと思ってるようだ。

「知らねえよ。お前は自分が偉いと思ってるかもしれないが、俺は全然そうは思わない。だからお前の言うことは聞かない。以上だ」

「貴様……雑魚のくせによくも俺にそんな口を……！」

スクールカーストに支配された学校の中で、今までそうやって凄(すご)めばそこらの生徒は貴族に睨(にら)まれた平民のように言いなりだったのだろう。

だが俺はそんなものに動じない。

前世における学生時代は、イケメンや優れた運動神経の持ち主は神に選ばれたスターだと恐れ戦いていた。だが、社会に出てそんなものはさほど重要じゃないと知ったし、お前みたいに無礼な奴の相手は慣れきっているんだよ。

「雑魚が……！ 誰に向かって口をきいているつもりだ⁉ お前と春華が文化祭で一緒にいたと聞いて勘違いをしないように警告しに来ただけだったが……まさかここまでの馬鹿とはな！」

ああ、なるほど。ようやく現状に至った過程がわかった。

なんでいきなり俺のところに来たのかと思ったら、文化祭で俺と紫条院さんが一緒にいたことが引き金か。

ゲーム的に言えば、二周目ならではの新しい展開が発生したということだろう。

文化祭というイベントを紫条院さんと過ごしたことでフラグが立ち、前世で接触がなかったこいつが俺の前に登場した訳だ。

「お前……俺と勝負しろ」

「……は？」

「競うものは何でもいいが……ふん、ちょうど期末テストが近いのでそれにするか。スポーツよりかは公平だろう？」

「え、なんだそれ……何でそんなことしなきゃいけないんだ？」

てっきり激昂して殴りかかってくるかと思いきやテスト勝負ときた。

自意識が高すぎる奴の思考回路はよくわからない。

「お前は愚劣すぎる。自分が雑魚なことも俺みたいな『上』の存在がいることもわかっていないゴミだ」

害虫を見るような視線を俺に向けながら御剣は続けた。

愚劣なんて言葉、リアルで口にする奴は初めて見たな……。

「お前みたいな世の中のルールがわかっていない奴は一度目に見える形で敗北させて、立場をわからせる必要がある。愚昧な雑魚を俺自ら教育してやろうと言ってるんだ」

こちらとしてはよくわからん理屈に目を丸くするしかないが、言っている言葉の一つ一つが本気ではあるようだ。

ああ、いや……そうか。

勝負とやらを持ちかけてきた意味が、なんとなくわかってきた。

俺がいくら凄んでも震え上がらないから、何らかの勝負で俺を徹底的に負かして、敗北感を背負わせて屈服させようという腹だ。

俺からすれば唐突すぎる話だが、おそらくこいつにとっては自分に反抗する奴の心を折るいつもの手段なのだろう。

「そして……賭けるのは春華だ」

「へ……？」

「敗者は二度とあいつに近づいてはならない……そういうルールだ」

「はああああああ!?」

ニヤリと笑みを深めながら告げてきたのは、爆弾のようなペナルティだった。

こ、こいつ！　俺への『教育』とやらと邪魔者の排除を同時にやるってか!?

「お断りだよ！　そんな勝負誰が受けるか！」

「黙れ。お前の意思なんて聞いていない」

……は？

何言ってんだこいつ？

「お前に拒否権なんてあるものか……！　俺が勝負すると決めた以上逃げられやしない！

お前は俺と期末テストで勝負し、敗者の定めに従い二度と春華には近づけなくなる！　もはやこれは決定事項だ！」

「な……何を訳のわからないこと言ってるんだお前⁉　お互いの合意がないと勝負も賭けも成立しないだろ⁉」

「お前の合意なんて必要あるか！　俺の決定に勝るものはない！」

本気でそう思っているようで、一切のためらいもなく御剣が言い放つ。

メチャクチャというレベルではない。

一〇〇％自分が正しいと信じきっており言葉が通じない。

「まあ、精々無駄な抵抗をしてみろ。俺が負けるなんてありえんがな」

薄く笑い、話は終わりとばかりに御剣は廊下を大股(おおまた)で歩いて去っていく。

そして俺はあまりにもアレな展開に絶句するしかない。

「……何なんだあいつは……」

前世の社畜時代でも『俺がそう決めた！　ただ従え！』という物言いの奴は珍しくなかったが、流石に約束やら契約やらのお互いの合意が必要なものを一方的に決める奴はお目にかかったことがない。

社長のドラ息子のような『偉い俺様の言うことが全て正しい系』と悪質クレーマーのような『相手の話を聞かずに自分の要求だけを叫ぶ系』を合体させて生み出したような超(ちょう)

弩級のモンスターである。

（でも、ああいう奴が俺の前に現れたのは……言うなればスクールカーストの反作用みたいなもんなんだろうな）

前世の高校生活で俺が自己主張せずに生きていたのは、まさにああいう悪質なカースト上位者に目をつけられないようにするためだった。

目立たないように、誰かの気に障らないように、ただひたすらに息を殺していたからこそ、あの御剣は前世で俺を意識することはなかった。

だがこの二周目の青春において、俺はカツアゲ野郎を大勢の前で撃退したり、文化祭の実質的なリーダーをやるなどして目立った上に、学校のアイドルとも言える紫条院さんと近しくなっている。

だからこそ、ああしてスクールカーストの親玉みたいな奴が俺を排除しようと動き出したのだ。もっと大げさに言えば、本来の時間の流れを逸脱した俺に対して降りかかってきた時流の反作用でもあるのだろう。

（さて……どうするこれ……？）

期末テストは当然ながら二年生全員が受けなくてはならないので、強制的に俺と御剣の点数は出てしまう。

だが俺はあいつの勝負とやらに一切頷いていないので、たとえあいつに負けても『紫条院さんに二度と近寄らない』などというルールを守る必要はない。

なので勝負なんてガン無視でも構わないのだが……。

（まあ……あいつの方が点数が良かったら鬼の首を取ったように騒ぐだろうな。してもいない約束を振りかざして紫条院さんの側から俺を排除しようとするだろう）

「どうせ負けてもペナルティなんてないけどウザくはある……なら勝ちを目指してみるか？」

たとえ勝ってもそれであの馬鹿が大人しくなるとは思えないが、少なくともあいつが騒ぎ立てる理由を失わせることはできるだろう。

（それに……正直あいつはムカつく）

この場から去る時、薄く笑う御剣の顔に浮かぶのは圧倒的な自信だった。

自分が負けることなんて万が一にも考えていない勝ち組の顔だ。

（クソ失礼な物言いにイカれてるほどの傲慢さ……俺の一番嫌いな、他人の痛みに全く関心を払わないタイプだな）

俺は前世では負け組だった。

小さい時から勉強でもスポーツでも誰かに勝ったためしがない。

だから何かに挑む＝負けるというクセがついてそれが当たり前になった。

だからずっと、勝負というものを忌避していた。

けれど今は——あらゆる意味で俺の『敵』であるあいつに、吠え面をかかせてやりたい気持ちでいっぱいだ。

「よし……決めた。せっかくノーリスクの挑戦権を貰ったんだ。勝負には応じないけど喧嘩は買ってやる」

負け続けた負け組の俺が、勝ち続けている勝ち組に挑む。

それは、俺にとっては中々に革命的なことだった。

なにせ、前世で俺をたびたび苦しめた『傲慢で他人の痛みがわからない輩』の親玉みたいな奴と、戦ってやりこめるという発想をしているのだから。

「そして、戦うからには勝つ」

誰もいない廊下に、俺の勝利への宣誓が小さく響いた。

*

「……なんでそんな漫画みたいな展開になってるんだよ」

「俺が聞きたいよ」

昼休みの教室で、俺と友人の山平(やまひら)銀次は弁当を広げていた。

そしてその会話の最中、俺が御剣という男子から『期末テストで勝負しろ！　これは決定事項だ！』と一方的に告げられてしまったことを伝えると、銀次は呆(あき)れた様子だった。

「しかしまたえらいのに目をつけられたな……よりによって『王子様』の御剣隼人か」

「え？　あいつマジでそんなあだ名なのか？」

「ああ、家は色々な会社を経営する金持ちで、本人もイケメンでスポーツ万能で成績優秀で、まるで少女漫画から出てきたみたいな俺様系だから女子たちはそう呼んでるらしい」

王子ねえ……確かに顔は王子かもしれんが、言動やら行動は悪徳貴族のボンボン息子というのが俺の感想だよ。

「けど、なんでそんな奴が普通の高校にいるんだよ……私立の金持ち学校に行けばいいだろうに」

「中学は私立の名門学校に行ってたらしいけど……噂だと自己中すぎて他の金持ちの子どもとトラブルを起こしまくったから高校は普通のところを親に強制されたとか何とか」

「トラブルになっても問題にならない庶民しかいない高校にしたってか？　本当だとしたら迷惑すぎるだろそれ……」

ただまあ、あの性格じゃトラブルを起こしまくったという部分については信憑性が高いな。誰かれ構わず傲岸不遜な物言いをする姿が目に浮かぶ。

そして、普通の学校の中でもウチを選んだ理由は……もしや紫条院さんがいるからか？

（そういや……紫条院さんはどうしてこんな普通の高校に来たんだ？　多少は想像がつくけど聞いたことがないな……）

ふと愛らしい少女の姿を思い浮かべると、驚くことにそれだけで御剣と喋って溜った疲労がじわりと溶けていくような気がした。あの可愛い顔を脳裏に描いただけで清涼剤になってくれるとか、本当にあの娘の天使力はもの凄い。

「それにしても『勝負だ！　お前が負けたら今後俺の好きな子に近づくな！　はい決まりぃー！　俺が決めたから決まりぃー！』って小学生かよ。聞きしに勝る俺様ぶりだな……」

「まあ、ちょっと会話にならなかったな」

前世における高校時代の陰キャな俺とは真逆の意味で、あの王子サマのコミュニケーション能力はかなりヤバい。

「でもまあ……結局お前は何の約束もしていないんだから別に何もする必要はなくね？　御剣が勝負だペナルティだと騒いでも付き合う必要はないし」

「ああ、そうだ。そうなんだが……俺はあいつを負かしてみようと思う」

「え？　マジか？」

　俺がそう告げると、銀次は目を丸くして驚いた。

「もちろん俺はテストの点数で負けても、約束してもいないペナルティなんて守る気はない。けど御剣の奴は自分が勝ったからどうのと絶対に大騒ぎする」

「話を聞いた限りじゃ確実にそうなりそうだな……なんつうウザさだ」

「だろう？　そしてその後は調子づいて俺への敵対行動がエスカレートしていくのが目に見えている。だからどうせなら、あいつが『さあお前の点数は何点だ！』って比べに来たところで勝って、鼻っ柱をへし折っておきたいんだよ」

　御剣の奴と話していてわかったが、あいつは自信の塊だ。

　自己の優位性を信じきっており、俺をその辺の石ころだと思っている。

　それを支えるのは、家の出自だけでなく自分の全方面に優れた能力だろう。

　だからこそ――『雑魚（ざこ）』である俺があいつに勝利することで、奴に途方もない敗北感を与えることができるのだ。

「……できるのか？　相手はこの前の中間テスト一位だったんだぞ？　まあお前は十位だったから勝ち目がないことはないだろうけどよ」

「ああ、本当に頭いいみたいだなあいつ。でもまあ……負ける気はない」

あいつは完璧超人かもしれないが、無敵ではない。

高校生レベルのテストで争う以上、勝てない道理はない。

「正直、あのクソ傲慢野郎には目に物を見せてやりたいしな」

あの腐れ王子が当たり前のように紫条院さんのことを『春華』と呼び捨てにしていたことを思い出し、俺は憎々しげに呟いた。

二章　ただいま勉強中！

自宅の居間で俺はせっせとシャープペンを動かす。

期末テストは十科目あり、範囲は中間より広いので満遍なく勉強が必要だ。

ちなみに前世の高校時代は、毎回赤点ギリギリから平均程度の成績だった。

（タイムリープするなんて異世界に行くのと大差ないファンタジーだけど、転生ラノベお約束のチート能力なんて付与されなかったからな。ただ地道に勉強するしかない）

俺が持っているものと言えば、ただ人生への激しい後悔からくる行動力と、社畜生活で鍛えられたメンタルと経験のみ。

だが、そんな特別でない力も二度目の青春にはそこそこ有効であり、おかげで紫条院さんとは前世の高校時代より遥かに接近できているが——

（けど……あの御剣みたいなイケメンが紫条院さんを本気で落としにかかったら？）

美形は無条件で強い。

社会人の恋愛は結婚を意識するため性格がとても重視されるが、学生レベルの恋愛であればイケメン度やスポーツでの活躍などの、わかりやすい魅力に目が行くのが当然だ。

いかに紫条院さんがほわほわの天然だとしても、真正面からあの美形顔で愛を囁(ささや)かれれば少なからずグッときてしまうのでは？

「イケメンは絶滅しないかな……」

「え、なに、突然どうしたの兄貴」

近くのソファで雑誌を読んでいたポニーテールな妹——香奈子(かなこ)がギョッとした顔を向けてくる。

あ、なんだ。いたのかお前。

「最近以前にも増してガリガリ勉強してるかと思ったけど……にひひ、ひょっとしてまたなんかあったの？　今の呟き、やたらと恨みがこもってたよ？」

兄の目から見ても愛らしい容姿をした香奈子が、イタズラっ子みたいな笑みを浮かべて聞いてくる。

前世において……妹と俺は疎遠どころか最終的に絶縁状態にまでなってしまった。

だが今世では俺が色々と変わりまくった影響から段々と会話するようになり、こうして気軽に雑談できるほどに距離は縮まっていた。

それは本当に嬉しいことなのだが……その反面、陰キャから転向した俺の行動にやたらと興味を持つようになり、新しいネタがないかとニヤニヤ顔で聞いてくるようになったのは困りものである。

「ああ、うん、ちょっと王子サマからテスト勝負を挑まれてな……ハエが宝石に止まっているのが我慢ならないらしい」

「はぁ？」

訳がわからないという顔の香奈子に説明を要求されたので、俺は御剣との間にあったことを話してやった。

王子のスペックや女子人気、俺がそいつを打ち負かそうと考えているところも余さずだ。

「ふーん……その人そんなにイケメンなんだ」

「ああ、だからちょっと不安になっちゃってな……テストの点数比べに関係なく、ああいう美形が紫条院さんに告白したらやっぱり心動かされてしまうんじゃないかって……」

「うん、まあイケメンって強いからね。美少女が嫌いな男がいないのと同じでイケメンが嫌いな女子もいないし」

「うぐっ……」

それは当たり前のことなのだが、こうして陽キャでリア充の妹からはっきり言われると辛い。やっぱりこの世はイケメン中心天動説なのか……？

「でもそれは中身もイケメンだった場合の話だよ。聞く限りではそいつクソだから全然気にしないでいいって」

「そ、そうなのか？」

「そそ、だってそいつの俺様王子ムーブってイケメンってフィルターがなかったら痛いってレベルじゃないっしょ？」

「まあ……普通の奴がやってたら、単なるヤバい奴扱いで誰も近づかないだろうな」

「そんな奴をキャーキャーもてはやすのは、とにかくイケメンならなんでもいい女子とか、ヤンキーみたいなオラオラぶりを男らしさだと思ってる女子とかだから。まともなレベルの子にはまず敬遠されるタイプだよ」

まるで世慣れたクラブのママのような達観した見解を、中学生の妹はさらりと述べた。中身の伴わないイケメンなど価値なしと、清々しいほどに断言してのける。

「…………よくそんな分析がすっと出てくるな」

「え、だって私兄貴と違ってモテるもん」

「さらっと兄を貶(おとし)めるなよぉ!?」

陽キャでリア充であることを見せつける妹が辛い。

だがそんな兄の悲哀をよそに、香奈子はなおも解説を続ける。

「ほら、イケメン俳優だって浮気やらイジメやらで中身のダメさが発覚したらファンがさーっていなくなったりするじゃん。男の子だっていくら美少女でも性格がクソ傲慢な奴とか付き合いたくないでしょ？」

「確かに……」

思い出すのは前世で出会った美人ＯＬだった。

自分は可愛いから許されるという自信に満ち溢れており、同僚や後輩をヒステリックに責め、上司には猫なで声で接して恩恵を得るのが常套手段だった。

最初は美人と仕事ができることを少なからず嬉しく思ったが、すぐに評価はただのクソ女に変わった。異動で俺の前から消えてくれた時は心底ほっとしたものだ。

「いくら顔が良くても暴言を吐いたりやたら傲慢だったりが許されるのは、それこそラノベやアニメの中だけだよな……現実にいるとマジでクソだ」

「そーいうこと。兄貴の大好きな紫条院さんは、そんな見た目だけの性格最悪な王子サマになびく人なの？」

「いや、それは……考えてみたら全然想像つかないな」

冷静になって考えてみると、ただ美形なだけでなびく可能性を考えること自体が紫条院さんへの侮辱でしかない。イケメンという自分に縁のない武器を前にして、少なからず心が乱されていたようだ。

「でしょ？　だからイケメンに取られちゃうかもーなんて心配するのはアホだよ兄貴。そんなことに心の余裕が奪われてたら勝てるもんも勝てないよー？」

言って、香奈子はへへーと笑った。

そこで俺はやっと気付く。

この一連の話は、俺の不安を取り除いて元気づけるためのものなのだと。

「……そうだな。ありがとう香奈子。お前に相談して良かったよ」

「へ？　あ、う、うん、そうでしょ？　兄貴ってば根暗さがまだ抜けきれてないからすぐ恋愛迷子になるし、この恋愛マスターの香奈子ちゃんがついてないとね！」

不意打ちで感謝されてまんざらでもなかったのか、香奈子は得意気な表情のまま頬をほんのりと朱に染めていた。こういう真正面からの感謝に弱いところは、女子中学生らしくてとても可愛げがあるんだけどな。

「しかしお前……なんか紫条院さんのことよくわかってるな」

一度写真は見せたが、なんで性格のことまでそんなに理解しているんだ？

その疑問を口にした瞬間、上機嫌だった妹は突然目を丸くした。

「はぁぁぁ!?　一体誰のせいだと思ってるの!?　兄貴ってば、紫条院さんが好きだって自覚してからこっち、今日の紫条院さんはああだったとか、紫条院さんのこういうところが可愛いとかしょっちゅう話してるじゃん！」

「え……俺、そんなに紫条院さんの話をしてたか？」

確かに紫条院さんへの想いを自覚してから、俺の頭の中は以前にも増してあの天使な少女に占有されてしまった自覚はあるが……。

「してたよ！　確かに文化祭の時のラブ話を聞き出そうとしたのは私だけど、一度白状したらリミッターが外れたみたいに紫条院さんの話ばっかするようになったじゃん！　おかげで私は紫条院さんが一ヶ月に読むラノベの冊数から、好きな缶ジュースの銘柄まで覚えちゃったのに！　まさかアレを無意識でやってたの!?」

「そ、そうだったのか？　す、すまん、全然意識してなかった……」

好きなことを延々喋る（しゃべ）オタク気質は俺の中で健在なようで、どうやらついつい紫条院さんへの想いが漏れてしまっていたらしい。

「はぁ、もう……ま、いつまでも自分の想いに気付かないより全然いいことだけどね。あの暗かった兄貴がここまで恋愛に目覚めるとか、ホントに予測できなかったなぁ」

色々な意味で激変した兄に向かってため息を吐き、香奈子は呟いた。

そりゃまあ、俺がこうなったのはタイムリープっていうマジもんの超常現象が原因だしな。神様でもない限り予測できねえって。

「ま、自信を持ちなよ兄貴！　そんな腐れイケメンより今の覚醒（かくせい）した兄貴の方が三千倍カッコイイって！　だから気にしないでガリガリ勉強して、コテンパンにしてしまえばいいから！」

「お、おう！　テストが終わったらそのイケメンがどんな顔で負けたのか話してやる！」

「その意気その意気！　ラブをパワーに換えて頑張れ兄貴！」

前世では険悪だった妹の言葉だからこそ胸に染みる。

イケメンという世界共通の強者に対して、もう劣等感を覚えることはない。

この無邪気な笑顔に応えるためにも絶対勝つと、俺は改めて心に誓った。

＊

「それでここの数式に当てはめて――」

「あ、なるほど……それで値が出るんですね」

放課後の紫条院さんとの勉強会もすっかり恒例となった。

先生役なんて最初はどうなるかと思ったが……紫条院さんの真面目さもあり、今日に至るまでテスト勉強は実に効率よく進んでいた。

「ふう、それにしてもどうしてこんなに辛いんでしょう……今から三年生になった時の受験が怖いです……」

教科書やノートが載った机をじっと見て紫条院さんが呟く。

期末テストの追い込みのせいか、表情や声にはややしんどさが滲んでいる。

「でも紫条院さんも世界史や現国は好きだって言ってたじゃないか」

「ええ……歴史を知ったり文章を読んだりするのは好きです。けれど……けれど……数学とかはどうしても辛いんです！」

勉強のストレスのせいか感情の振り幅が大きくなっているようで、紫条院さんが頭を抱えて嘆く。

「あー……紫条院さん理系全般が苦手だもんな……」

「そうなんです！　そもそも化学や生物ならまだしもあの平面ベクトルとか三角関数とか将来本当に使うか疑問です……！　もう泣いてしまいます！」

ううむ、相当テンパっている。

ラノベ禁止令回避のためにずっと頑張ってきたが、最後の詰めにさしかかってちょっと心がお疲れのようだ。

「まあ、工学系とかの専門的な職業だと使うだろうけど……普通の仕事じゃ基本的に使わないだろうなあ」

俺が知らないだけかもしれないが、普通のサラリーマン業をしていた時に、数式やら化学式やらの理系知識を特に活用した記憶はない。

「え……！　やっぱりそうなんですか……!?」

紫条院さんが衝撃の真実を知ったとばかりに目を見開く。

「こんなに苦労して覚えても社会に出た後で活かす機会がないなんて……なら一体どうして私たちはこんなものを学んで……？」

うん、みんな一度はそこを考えるよな。

特に数学とか古文とか。

漢文に至ってはアレもう暗号解読の訓練かと思う。

「まあ、身も蓋もないことを言えば学歴や受験のためだろうけど……どういう意義があるのかと言えば俺は自分を知るためだと思ってる。将来の実用性があるなしにかかわらず色んなことを学べば、どの分野に自分の適性があるのかわかって将来の方向性を決めやすくなるし」

「それは……そうですね。私は数学者とかプログラマーとか絶対無理です……」

俺の平凡な論なんかに紫条院さんは深く納得して頷く。

本当に素直だ……。

ちなみに偉そうに語っている俺だが、前世の高校時代において勉強は万遍なく苦手で、自分の適性も何もロクに見分けられなかった。

今にして思えば、母さんが出してくれた学費を無駄にしまくっていたのだと気付いて胸が痛む。片親の苦労なんて、あの頃は本当にわかっていなかったな……。

「あとはまあ……一応ここって高校だからな。俺たちは入試受けて授業料を払ってまで中学より難しい授業を受けたいって希望してここにいるから……」

「う……っ、そ、そうでした……別に義務じゃなくて自分たちで望んで入学して中学より上の授業を受けに来ていることを忘れかけていました……」

いやまあ、そんなに肩を落とさなくていいよ紫条院さん。

多分ほとんどの高校生がその辺を忘れてるし、前世の俺も完全に忘れてた。

「ふう、つい弱音を吐いちゃいましたけど、結局何もかも将来の自分のためですよね！ともかく今は目の前のテストを頑張ります！」

（将来……）

改めて意気込む紫条院さんが発したその言葉に、俺は反応してしまう。

香奈子のおかげで、紫条院さんがイケメンな男になびくかもという不安はもう俺の中にほとんどない。

だがそれでも、御剣が言った言葉は別方面でも気になる点がある。

『俺と春華は将来を共にする仲だ』

『家の格が似つかわしい者同士として、俺たちは幼少の頃から慣れ親しんでいる。春華はいずれ俺の側に立つと決まっているんだよ』

結局今は深い仲じゃないんだろと俺が指摘した時、あの傲慢な奴が反論しなかったことから、現在においてあいつと紫条院さんが恋人関係である可能性は皆無だろう。

だが……将来は？　御剣家と紫条院家はどういう仲なんだ？

大きさで言えば、紫条院家の方が圧倒的にデカい。

御剣家はあくまでこの土地一帯で商売している一族だが、紫条院家は全国的な企業をいくつも経営している現代の貴族たちなのだ。

だが、どちらも同じ地に根ざす古い家だし、あいつと紫条院さんは幼馴染みであるどころか、下手をすると許嫁などという関係かもしれない。

そして、想像はいくらでもできるが、答えを得るにはそのことを目の前の少女に聞くしかない。それはとても勇気がいることだが……いかなる答えでも恋愛戦略を変えるだけだと自分を鼓舞して意を決する。

「あー……その……ちょっといいか紫条院さん」

「はい、何でしょう？」

いつもと変わらない太陽のような笑顔で、紫条院さんが応える。

その眩(まぶ)しさを感じながら、俺はゆっくりと問いを発した。

「いや、大したことじゃないんだが……同じ二年に御剣って男子がいるのは知ってるか？」

「え？　ああ……はい御剣君ですね。それがどうかしたんですか？」

「…………」

ただ紫条院さんの口からあいつの名前が出ただけで、胸がざわつく。

乱れる内心を抱え、俺は平静を装って問いを進める。

「その、この前御剣とちょっと話す機会があったんだけど……御剣と紫条院さんって小さい頃からの知り合いなのか？」

「ええと、はい、まあ。確かに初めて会ったのは小さい頃ですね」

「……っ」

俺の期待に反した肯定の言葉が返ってきて、俺の内面はますます乱れた。

ああくそ、なんだこれ。

恋愛ってこんなにも独占欲が強くなるもんなのか？　自分以外の男の影が微かに見えるだけで心の安息がもの凄い勢いで削られて泣きそうになる。

そんな人は知らないと言って欲しかった。

知り合いだとしても、それは学校の中だけのことだと言って欲しかった。

今にも溢れ出そうな感情の奔流に、自分自身が振り回されていく。

（これが恋愛から来る嫉妬か……胸の辺りに真っ黒でやるせないものがどんどん溜っていきやがる……）

なるほど、こんな感情をこじらせたら昼ドラよろしく凶行に走る奴が出てくるのも頷ける。二度目の人生で初めて知ったけど……本当に人を好きになると、こんなマグマみたいな想いを自分の内に抱えることになるんだな……。

「でも、小さい頃からの知り合いというのはちょっと違いますね」

「え？」

「子どもの頃に家のパーティーで一度会ったみたいですけど、次に会ったのはこの高校に入ってからでしたから」

荒れ狂う心を抱えていた俺は、紫条院さんの言葉に目が点になる。

それが実態だとすれば、想像していた幼馴染み関係からは程遠い。

「そ、そうなのか？　でも、その、高校で再会してからはよく喋ったり……？」

「いえ、それが……」

俺が一番聞きたい点まで踏み込むと、紫条院さんは困ったような顔になった。

いつもはっきりした物言いをする天然少女にしては珍しく、言葉に迷っているらしい。

「その、高校に入ってから、何故かたびたび御剣君に話しかけられるんですけど……いつも凄い勢いでよくわからないことをまくし立てるから、どうも苦手なんです。なので失礼だとは思いつつも、なるべく避けるようにしていて……」

御剣に対する困惑も露わに、紫条院さんが言った。

その光景は想像するしかないが……何度も話しかけてくるたびに、『運命』だの『俺の側にいるべきだ』だのを自信たっぷりに叫んでいたとすれば、ごく常識的な感性を持つ紫条院さんにはちょっと理解を超えていただろう。

「そ、そうか……その、妙なことをあれこれ聞いて悪いんだけど、紫条院さんの家と御剣の家は仲が良かったりするのか……？」

「え？　うーん……私も自分の家の繋がりにそんなに詳しい訳ではないですけど……少なくとも私が物心ついてからは、御剣君のお家は紫条院家のパーティーとかに呼ばれていませんね。小さい頃の朧気な記憶ですけど、お父様がある時に御剣君のお家にとても怒ってからのような……？」

「あ、ああ、うん。よくわかったよ」

紫条院さんの丁寧な説明を聞き、俺は何度も頷いた。

その話を総合するに――どうやらあいつの言ったことと事実は大分隔たりがある。

（い、いよっしゃあああああああああ！　セーフ！　大セーフだ！　あはははは！　いやぁそうだとは思ってたけどさぁ！　ふぅぅぅ、よかったあああああ！）

普段通りを装ったまま、俺の胸中は歓喜のダンスパーティー状態となる。悪い想像をしてしまっていた分、その喜びは深い。

（紫条院さんとあいつは全然親しくないし、家と家の関係も聞いた限りではとても密接とは言えない感じだ……！　何だよあの俺様野郎、大げさに言ってビビらせやがって！）

胸の中で渦巻いていた暗闇が晴れていき、無意識に口元がほころんでいた。

特に名家同士の繋がりは、実際にあれば俺にとってかなり厄介であり、その心配を払拭できた安堵感は半端ない。

（まあ、とは言え油断はできないけどな。俺が紫条院さんに接近したことが、あいつに火をつけたのは間違いないし）

俺とて、前世とは比べものにならないくらいに紫条院さんと仲良くなったものの、彼氏ではないという点ではあいつと変わりない。あの俺様王子とは、間違いなくテスト後に一波乱があるだろう。だからこそ、できる努力は全部やっていかないとならないのだ。

「その、どうしてそんなに御剣君のことを……？」

「ああ、ちょっと……んっ、む……ぅ……？」

言いかけて、不意に視界がぐらりと揺らいだ。

急に安堵感を得たせいか、頭に霧がかかるような眠気が広がって意識が遠のく。

「あの……新浜君、かなり疲れてませんか？」

「ああ、いや、全然そんなことないって！」

紫条院さんが心配の視線を向けてくれるが、俺は笑って元気をアピールする。

睡眠はしっかり取っているつもりだが、やはり自分の勉強と先生役を両立するのはなかなか大変であり、正直に言えば疲労は蓄積している。

それを表に出さないのは前世の社畜気質が残っているからではなく……高校生相当に戻った俺の感性が、好きな子の前で格好つけたいと強がっているからだ。

「でも……なんだか最近とても根を詰めているような……」

「ええと、それは……」

御剣の奴が言い出したテストの点数比べに勝つために努力中なのだが、その事情を紫条院さんにはまだ話していない。

元々紫条院さんはお父さんからのラノベ禁止令を回避するために、期末テスト対策を頑張ってきた。

そしてその仕上げの最中に、『御剣は紫条院さんにご執心で、敵視された俺はテスト勝負を挑まれて、負けたら紫条院さんに二度と近づくなと一方的に言われた』なんていう話をするのは心に不要な負担をかけすぎると判断したのだ。

もちろん、俺がテスト勝負に負けて御剣がそのことで騒ぎ出したりすれば全ての経緯を伝えるつもりだが……少なくとも期末テスト終了までは待ちたい。

「その、後は追い込みの仕上げだけですし、私に勉強を教えるのが新浜君の負担になっているのならこの勉強会は終わりにしても……」

「いや、全然大丈夫だから！　絶対にやめないでいいから！」

心配そうに俺を見る紫条院さんに、思わず必死になって言った。

紫条院さんの期末テスト対策として始めたこの勉強会は、高校時代の憧れの少女と一緒に過ごせる歓喜に満ちた時間だった。

しかも、紫条院さんへの好意を自覚した今、その価値はさらに跳ね上がっており、負担どころか大枚をはたいてでも手に入れたい至高の時間となっているのだ。

そして……この勉強会を最後まで続けたい理由はそれだけじゃない。

「俺は……ん……む……」

しかし流石にちょっと休まないとだめかな……なんだか眠さで頭がフラフラして、意識が緩んできたような気がする……。

「……ん……頼むから……続けさせてくれよ紫条院さん……」

「え……？」

いかん、眠い……さっき勉強の合間におやつを食べて血糖値が上がったことも手伝ってか、眠くて自分の意識と言葉が今イチ制御できない……。

「俺は……自分は勉強なんてできないと開き直って……高校に入ってからロクな努力をしてこなかった……」

ああ、そうだ……そのサボりのツケが……あんな酷い未来に繋がって……。

「自分を変えようとして勉強を頑張って……それを紫条院さんが褒めてくれたのは……本当に心に染みたんだ……」

そう……そうなんだ……。

俺の変化や努力をいち早く褒めてくれたのは……いつも紫条院さんだった。

「しかも勉強を教えて欲しいって……こんな俺を頼りにしてくれた……。それが俺は泣きたくなるほど嬉しくて……だから、その信頼に最後まで応えたいんだ……」

「新浜君……」

ダメだ、ねむい。

ねむくて、あたまがはたらかない。

「それに……紫条院さんと一緒に勉強できるこの時間が……少しでも長く続いて欲しいから……」

「え――」

「ん……すぅ…………はっ⁉」

い、いかん、一瞬寝落ちしてた！

（くそ、大丈夫アピールした直後に寝落ちガックンなんて無様な！　これじゃ紫条院さんはますます俺の疲労を心配するじゃないか！）

「ごめんごめん、なんかボーッとしてた！　さあ勉強を再開……？」

慌てて声をかけるも、紫条院さんは何故か衝撃を受けたような表情のまま固まっていた。

な、なんだ？　寝落ちする寸前の記憶が飛んでるけど、まさか睡魔で理性が薄くなった頭が変なことを言ってしまったのか？

「ええと、紫条院さん……？」

「あ、え、はい……」

俺が恐る恐る声をかけると、紫条院さんは未だに心の半分が宙に浮いてしまっているような様子で応えた。

「そっちこそ具合が悪いのか？　なんだか頬に赤みがさしてるけど……」

「あ……そうですね……。風邪でもないのになんだか頬がポカポカしてます。私、どうしたんでしょう……」

紫条院さんが不思議そうに自分の頬を撫でる。

真っ白な少女の肌は、確かにほんのりと色づいているように見えた。

「ふふっ、それにしても……私の図々しいお願いから始まったこの勉強会を、そんなふうに考えていてくれたんですね」

寝落ち寸前の俺は何を言ったのか、紫条院さんは何故かとても嬉しそうな様子で言った。

「この時間がずっと続いて欲しいと思っているのは……私だけじゃなくて良かったです」

「え……？」

艶やかな黒髪を持つ少女は、いつもの朗らかな笑顔でごく自然にそう告げてきた。

天然の本領発揮とばかりにごく自然に紡がれたその言葉に、今度は俺が固まってしまう。

「では改めて……これからもお願いします先生！」

「あ、う、うん！　こちらこそよろしくな！」

やる気に満ちた快活な笑顔を浮かべる紫条院さんに、俺も笑顔を返す。


ああ確かに……この時間はずっと続いて欲しい。

＊

「うげ……」

昼休みにジュースを買いに行ったのが失敗だった。

教室に戻る直前の廊下の曲がり角を曲がった先で、俺が今最も面倒臭いと思っている男と鉢合わせしてしまったのだ。

王子様とかいう甲子園でしか聞かないあだ名のイケメン男子、御剣隼人（はやと）。

ただ黙って歩いているだけなのに、その顔つきには周囲を小馬鹿にしている内心が滲んでおり、俺に対する反応にもそれが如実に表れていた。

「お前は……ああ、新山とかいう春華につきまとっている雑魚（ざこ）だったな」

「おま……っ！　俺の名前は新山じゃなくて新浜だよ！」

「どうでもいい。雑魚の名前なんて憶える価値もない」

こ、この野郎……！　自分からあれだけ勝負だの何だのと大声で喚いておきながら、俺の名前すらうろ覚えかよ！

「ふん、安心しろ。テスト勝負のことは覚えている。ただまあ、俺としては正直面倒だ。今この場で二度と春華に近寄らないと誓えば、勝負で恥をかかずに済ませてやるぞ？」

（テスト勝負の勝敗で『恥』……？　はん、なるほど。俺への『教育』とか言ってたもんな。点数の見せ合いで終わらせる気はないってか）

こいつがどういう方法で決着をつけるのかは大体予想できたが、それで怯むことはない。

俺はもう、そういう他人に怯えまくる人生はやめたんだ。

「答えは変わらずにノーだよ。お前にそんなことを命令されるいわれはない」

「……雑魚の中でもここまで頭の悪い奴は初めてだ」

御剣は嘆息し、心底馬鹿にしきった視線を俺へと向けた。

「自分の小ささも理解できないのか？　お前は顔も能力も金もない雑魚だ。そんな『下』の奴は俺のような『上』に平伏して生存を許してもらうのが常識だろう。他の雑魚にできていることを、どうしてお前はできない？　高校生にもなって最低限のルールすら知らないとは、どこまでゴミなんだ？」

ズボンのポケットに手を突っ込んだまま、御剣はゴミ袋からこぼれた生ゴミでも見るかのように吐き捨てる。

その物言いこそ俺からすれば性格がゴミすぎると思ったが、振りかざしている理屈には事実な部分もあるのは認める。

学校に限らず、強い者や上の者に頭を下げるのは人間社会において通常のことだ。

そして俺は、前世において人生のどの場面においても、自分より『上』の者にひたすら頭を下げて生きてきた。世の中はそうやって動いている部分が確かにある。

だが——同じ学年の生徒に平服しなきゃいかん道理なんてない。

「お前はスペックは高いのかもしらんけど、別に偉くはないだろ。頭を下げる必要がどこにあるんだ？」

「貴様……雑魚がよくも……」

プライドを傷つけられたのか、御剣の顔が深い苛立ちを見せる。

（まったく、何が最低限のルールだよ。お前こそマナーとかＴＰＯを学んで——）

そこで、俺はふとある疑念を抱いた。

いくらなんでもまさかとは思ったが、さっきからのこいつとの会話を総合すると、その可能性もなくはないと思い至ったのだ。

「……そもそも、俺が紫条院さんの側を離れてお前の思う通りにいくのか？　何でお前はそこまで紫条院さんに執着しているんだよ」

「何を言うかと思えば……全て思い通りにいくに決まっているだろう。俺は『上』で春華も『上』。お互いに家柄も申し分ない。お互いがお互いに、一緒に歩む運命のために生まれてきたようなものだ」

そこで御剣の言葉はやや熱を帯びて、聞いてもいないことをさらに続けた。

「あいつを初めて見た幼い日は、実に興奮した。一目でこれが俺の女なのだと気付いた。紫条院家直系の娘であり、年齢も俺と同じ。さらに美貌も非の打ち所がない。完璧なまでの『上』の女だからな。俺という存在にこれ以上ないほどに相応しい」

「……………………」

御剣は喜色が滲んだ顔で口の端をニヤリと吊り上げる。

そして、それとは対照的に俺は冷めた納得を得ていた。

まさかと思ったが、この感じだとおそらく俺の直感は正しいのだろう。

何度も春華と呼ぶところは前回と同じく酷くムカつくが、それでも今は御剣に対する感情は呆れの方が強い。

「ま、お前のことは大体わかったよ。その上で言っておくけど……お前こそ紫条院さんに近づけさせる訳にはいかないな」

「抜かすな雑魚が……！」

俺の素直な感想をそのまま告げると、御剣は顔を怒りに歪めて声を荒らげた。

「吹けば飛ぶような有象無象のたわ言だと聞き流していれば、調子に乗ったことをベラベラと……！　虫にも劣る存在のくせに俺を怒らせるなよ⁉」

凄む御剣に構わずに、俺は踵を返す。

そして、もうこれ以上こいつと話す必要もない。

なにせこいつと俺は、おそらく話の根幹からズレているのだから。

「じゃあな、とりあえずテスト勉強はしっかりやっておくとするよ」

忌々しげに俺を睨む御剣を残し、俺はそれだけを言い残してその場から立ち去った。

三　章　テスト勝負の決着

雲一つない晴天のその日に——多くの生徒にとって辛い試練である期末テストは実施された。

「カンニングを疑われる行為は慎むように！　では——始め！」

教師の一声とともに、裏返しのテスト用紙を翻す音が教室に満ちる。

誰もが真剣な顔つきになり、シャープペンのカリカリ音が進み始める。

（よし……いける）

緊張の空気の中、俺が解答を書き込むスピードは落ちなかった。

俺が今世において積み重ねてきた勉強の成果は、この上なく発揮されている。

（テストって……いや、勉強ってどこまでも公平だよな……）

出題をクリアしていきながら、意識の片隅でそんな思考がよぎった。

もちろん人によってレベルアップ速度や成績の頭打ちに差はあるが、ＲＰＧゲームと同じで、努力した分だけ成績は伸びていく。

そしてその努力こそ、将来の幸せに繋がるのだ。

そう——俺が社畜の日々の中で夢想した遥か遠い理想郷……この世のどこかに存在するという伝説のホワイト企業に辿り着くための！

（それに、こうバシバシ解けると気分いいよな）

蓄積した学力で問題という敵キャラたちを次々となぎ払っていくのは中々の爽快感であり、前世ではしかめっ面の時間だったテストが楽しいものとさえ思えてくる。

多くの生徒の苦悶と緊張が満ちる中で、俺は極めてリラックスした状態で手を動かし続け、その勢いが止まることはなかった。


「あー、体が軽い！　やっぱりテスト終わると気分爽快だよねー！」

時は昼休み。ショートカットが似合う元気少女——筆橋舞が、教室の真ん中で晴れ晴れとした表情を見せていた。

人懐っこくちょっとお馬鹿っぽい明るさがあるこいつは、野に咲く花のような可愛いさと親近感を抱かせる魅力を持っており、男子からも人気がある。

前世ではほとんど関わりがなかった陽キャだが、文化祭以降はよく俺や紫条院さんと接点を持っており、今では友達と呼んで差し支えない関係にはなっていた。

「いや、筆橋さんもうそれ何回言ってるんだよ。テスト終わったの先週だろ」

「あははは！　何回も言いたくなるんだもーん！　これでテストのことを考えずに部活に専念できるし！」

俺のツッコミに筆橋が笑って応える。

そう、期末テストは特に波乱もなく先週に終了した。

そして勉強から解き放たれた二年生全体に明るい空気が満ちているのだが――

「その様子だとテストの出来は良かったのか？」

「ふふんっ、舐めてもらっちゃ困るよ新浜君。運動好きなスポーツ系女子が頭が悪いなんて漫画のお約束は現実にはないからっ！」

「ははっ、別にそんなテンプレな偏見は持ってな――」

「まあ、私は普通に出来が悪かったけどねっ！」

「結局テンプレ通りじゃんかっ⁉」

ああ、そういえばこいつ授業中の居眠り常習犯だった……。

「で、でもテストは終わったからいいの！　しばらく勉強のことは忘れられるし！」

「でも筆橋さん。今日はテスト結果が廊下に貼り出される日ですよ」

「えっ――」

不意に横から挟まれたメガネ少女の言葉に、筆橋はピシリと固まった。

風見原美月(かざみはらみつき)――俺を文化祭にガッツリ巻き込んだ奴であり、パッと見るとミディアムヘアの髪型と大きなメガネがマッチした文学系美少女のように見える。

だがその実、とんでもなくマイペースで言動が読みづらい奴であり、大人の経験値を持つ俺でもたまに目を白黒させられる時がある。

「か、風見原さん！　どうしてそういうこと言うのぉ!?　せっかく今まで忘れていたのにいぃぃ！」

「ガチで悲痛そうな声を出さないでください。私が今言わなくても、現実は残酷なギロチンのように結果を突きつけてくるんですから」

「ぎ、ギロチンって決めつけないでよー！　もしかしたら奇跡のファンファーレかもしれないでしょー!?」

「自己採点の結果は？　ファンファーレは鳴りましたか？」

「ひぐっ……」

あまりにも残酷な一言に、筆橋はぐうの音も出ず撃沈する。

哀れな……。

「風見原さん……筆橋さんをイジメるなよ」

「そんなつもりはなかったんですけど……ストレートに喜んだり悲しんだりする筆橋さんが面白くてつい」

漫画のキャラのように劇的なリアクションを取る筆橋を、風見原はとても興味深そうに眺めていた。その表情にはテスト結果発表に対する焦りも不安もないようだが……。

「風見原さんはどうだったんだ？　なんか自信ありそうに見えるけど」

俺がそう問いかけると、風見原は珍しく口の端を広げて不敵な笑みを浮かべた。

「ふふっ……メガネ女子が成績優秀なんて幻想ですから。平均点までいってれば万歳三唱ですが何か？」

「なんでドヤ顔なんだよ⁉」

誇らしげにメガネをクイッと上げて見せる風見原に、俺は叫んだ。

自信があるのかと思いきや、開き直っていただけかい！

「そもそも英語とか日本人に必要なくないですか？　鎖国しましょうよもう。それがダメなら世界中を大日本帝国にして公用語を日本語にするとか。だいたい日本に観光に来ている外国人はどうして堂々と英語で道を聞いてくるんですか？」

「真顔でまくしたてるなよ！　こえーよ！」

クールに見えて実はめっちゃ恨み溢れてる……。

でもまあ、英語って高校の勉強の中では将来に対する実用性が高いんだよなあ。

「ん……？」

ふと視線を感じて振り向くと、銀次の奴が俺をじーっと見ているのに気付く。

それの意味するところは……『女子と楽しげで余裕そうだなお前……』あたりか？

「ねえねえ！　山平君はどうだったの⁉」

「ふひゃっ⁉」

復活した筆橋さんに急に聞かれて、銀次が素っ頓狂な声を漏らす。

ああうん、懐かしい。

陰キャな男子高校生が陽キャ女子に話しかけられた時の王道のような反応だ。

前世における高校時代の俺もそうだった。

（大丈夫だ銀次。筆橋さんは優しいから緊張しなくていい）

（き、き、緊張なんてしてねーし！）

ボソボソと小声で告げる俺に、銀次も小声で返す。

うーん、顔真っ赤で言葉がつっかえる反応もなんか微笑ましい。

そうそう、女子と喋り慣れてないとそうなるよな。

「お、俺は、その……あんまり良くなかったかな……というか、かなり……」

「よーし！　それじゃ私の仲間だねー！　一緒に現実に打ちのめされよっか！」

道連れを見つけてご機嫌になった筆橋にバシバシと肩を叩かれ、銀次は「ほひゃぁっ⁉」と童貞の鑑のような反応を見せる。

いや、俺もまだ童貞なんで人のことは言えんけど……。

「それで新浜君……紫条院さんのこの状態はどういうことなんです？」

「え……？　わっ⁉　ど、どうしたんだ紫条院さん⁉」

紫条院さんの席に顔を向けると、長い黒髪の美少女は両手を組んだ祈りのポーズのまま凄まじく不安そうにカタカタと震えていた。

「あ……新浜君にみんなも……そ、その……これから間もなく結果がわかると思ったら落ち着かなくて……もの凄く緊張してるんです……」

廊下に貼り出されるのは百位以内の順位のみならず学年の平均点もだ。

なので、百位以内に名前がなくても自己採点で算出した自己平均点と見比べれば、今回の紫条院さんの目標である総合平均点超えが達成できたかどうかは、すぐにわかってしまうのだ。

「でも自己採点ではかなりいけたって言ってたじゃないか。そんなに不安にならなくてもいいんじゃないか？」

「そ、そうなんですけど……何とも自分が信用できないんです。ケアレスミスを連発していないかとか、解答欄をズラして記入してしまっていないかとか……！」

「ああ、わかります。最後の問題の答えを書こうとして、解答欄が一個足りないことに気付くあの時の焦りと言ったらケツに火がついたみたいですよね」

おいコラ風見原！　お前結構可愛い顔立ちをしているのにケツとか平気で言うなよ！

男子の女子に対する幻想を壊すな！

「わかるわかる！　それでもう時間終了間際だったらパニックだよねー！　絶望しかない感じ！」

「その絶望を知っているってことは……筆橋さんやったんだなそれ……」

「うぐっ……」

銀次のポツリとした呟きに筆橋さんが古傷を抉られたように苦悶し、そんな一幕に俺は軽く噴き出してしまう。

（今世じゃいつの間にやら俺の周囲にも人が増えたけど……なんかいいなこういうの）

テストの後で『お前どうだった？』とか『俺今回全然できてねーわ』とか言い合う生徒

同士のこの空気は、中々に心地よい。前世では銀次としかできなかったけど、人数が多いとみんなの色んな反応が面白いもんだ。

これで御剣の馬鹿のことがなければ本当に平和なんだが……。

「うう……私はちょっと気分を落ち着かせるために飲み物でも買ってきます。成績発表を今か今かと待つこの時間はちょっと心臓に悪いです……」

紫条院さんが席を立ち、心細そうな様子で教室から出て行く。

うーん……俺から見ても紫条院さんはテスト対策は相当にやれていたし、そんなに心配しなくてもいいと思うけど……。

「しかし新浜……お前勝負があるのにずいぶんリラックスしてるな」

女子たちに聞こえないように、銀次がぼそりと小さく言う。

「ああ、お前とこの間話した通り、勝負なんて御剣が勝手に言ってるだけだからな。緊張する理由もないよ」

受けた覚えのない勝負とやらに負けたからって、今後紫条院さんに近づかないなんてペナルティを受け入れる気は更々ない。

まあ、これからあいつは絶対に点数比べにやってくるだろうから、その点はちょっと気が滅入るけどな……。

「ただ、テスト自体はガチで勉強して受けた。自己採点では――」

「おい！　廊下に期末テストの結果が貼り出されたぞ！」

ふと教室の外から誰かの声が響き、廊下が一気に騒がしくなった。

各教室から生徒が大勢出てきて廊下に溢れ、まるでおしくらまんじゅうのように押し合いへし合いしてザワザワと喧噪が満ちる。

「さてギロチンの時間ですよ筆橋さん。一緒に処刑台いっときます？」

「ま、待って！　心の準備させてよー！」

どうやら筆橋と風見原は一緒に見に行くようだが、まだ筆橋の覚悟ができていないらしい。さて――

「それじゃ俺は見に行ってくる。銀次はどうする？」

「い、行くぜ！　貼り出されるランキング百位以内に俺が入っていないのは確実だけど、学年平均点は見なけりゃいけないしな！」

意を決した様子で銀次が席を立つ。

なんだか妙に決意溢れた表情をしているが……。

「それにツレが一人でもいた方が、御剣の馬鹿を相手にする時も多少は防波堤になるだろうが！　お前を一人にはさせないぜって奴だ！」

スクールカーストのトップと一悶着あると承知の上で、銀次はなんと俺のためについてきてくれるらしい。オタク系である俺たちからすれば、高圧的な俺様系なんて絶対に遭遇したくないタイプだろうに無理しやがって。

「お前……やっぱいい奴だなあ。また一緒に飲みに行きたいよ」

「は……飲む？　また一緒に？」

「あ、いや、言い間違えた。今度一緒にメシでも食いたいなって言いたかったんだ」

ふと前世でこいつと酒を飲んだ記憶が蘇り、口が滑った。

上司と飲む酒はゲロマズだったが、こいつと飲む酒は……いつも美味かった。

「さてそれじゃ……行くか」

特に気負いも緊張もない。

数字という明確な結果が待っている廊下へ、俺は銀次を伴って踏み出した。

期末テストの成績表が貼り出された廊下は大いに賑わっており、成績百位以内に自分の名前を見つけて快哉を叫ぶ者もいれば、がっくりと肩を落として帰って行く奴らもいる。

「しかし御剣の王子野郎は全然お前に接触してこなかったな……てっきり『お前がいくら努力しようと無駄だゲラゲラ』みたいなイベントが一度はあるかと思ってたのに」

人の多さでなかなか前に進めない中、銀次が呟く。

銀次には言っていなかったが、実は偶然にも御剣と接触する機会はあった。

だがその時の印象として、あいつは俺を嘲笑って意気を挫くという発想はそもそもないようだ。そして、それはもちろん紳士的な思考からではない。

俺の名前がうろ憶えだったことからもわかる通り、こちらを『敵』とすら認識していないからだ。

「多分……この勝負は御剣にとって紫条院さんの周囲からうるさいハエを取り除くだけの『作業』に過ぎないんだよ。俺のことなんて勝ち確定の敵キャラＡくらいにしか思ってないから積極的に嫌味を言いに来るほどの関心もないんだと思う」

「マジか……勝つのが常識って奴の頭は俺にはわかんねえな」

「俺もだよ。特にあの王子サマは自分をマジで貴族か王族だと思い込んでるから……おっ、やっと成績表の端っこが見えてきたな」

廊下に押し寄せている生徒たちをかき分けて進むと、成績表の一部が見えてきた。

そこには大きなフォントで各科目及び総合平均点が記載されており、多くの生徒はそれを見に来ているのだ。

「……今すぐトラックに轢かれて異世界に転生したい」

「おいおい、いきなりなんだよ銀次」

「元々百位以内に入ってるなんて夢にも思ってねえし、俺に関係あるのは平均点だけだったんだけど……俺の自己採点よりかなり高いんだ……」

「それは……うん……」

かける言葉なんてある訳がない。

時間があったら今度はこいつの勉強も見てやるか……。

「――おい、お前。こっちを向け」

「……っ、御剣……！」

声の方向に振り返ると、長身のイケメンがこちらを睥睨していた。

『王子様』のあだ名を持つ男子――御剣隼人はこれまで接触した時と同様に、まるで本物の王侯貴族かのようにふんぞり返っている。

「ここで恥をかく覚悟はできたか？　これでようやく春華の周りからお前を排除できると思うと清々するな」

先日のやり取りがあるせいか、御剣が俺に向ける視線には不機嫌な苛立ちが透けて見えた。どうやら淡々と掃除すべき雑魚から、虫のように不快な存在程度にはご認識をお改めあそばしたらしい。

「お前がテスト勝負を言い出した時も言ったけど、俺は勝負もそのペナルティも頷いた覚えはないぞ。お前が勝手に言っているだけだろ」

「学習能力がないのか？　以前に言った通り、俺が決定したことをお前に拒否する権利なんてない。このテスト勝負の敗者は二度と春華に近づいてはならない……俺が決めた以上それがルールだ。お前の意思がどうあろうとな」

決まりきった常識を語るかのように、御剣は小学生のたわ言にしか聞こえない理論を口にする。散々わかりきっていたが、こいつは俺たちとは見えてる現実が違いすぎる。

（もうある意味すげえなこの腐れイケメン……異次元思考のクレーマーを大量に相手にしてきた俺でもドン引きだぞ）

「お、おい、話には聞いていたけど……マジかこいつ……？　話が成り立たないにも程があるだろ……」

俺の隣にいる銀次が呆然となりながら俺に囁く。

ああ、お前の感覚は正常だよ銀次。

ただ残念ながら、こういう『世界は自分を中心に回っている』系の生き物は程度の差はあれ社会のあちこちに生息しているんだ。対話は不可能だから全力で距離を取るのがオススメだぞ。

「ふん、この俺が相手をしてやるんだ。無駄な努力くらいはしてきたんだろうな？」

「……そういうお前は自信たっぷりだな。よっぽど勉強したのか？」

「いいや？　地を這う亀を相手に飛び方の練習をするハヤブサはいないだろう。あの程度のテストなら地力で一位が取れる。必要以上の時間を割くほど俺はヒマじゃないんだ」

馬鹿なことを聞くな、と言わんばかりに御剣が吐き捨てる。

俺を挑発している訳ではなく、おそらくこいつは自分の勝利を疑っていない。

常に負け続けだった俺の前世とは正反対の、完全なる勝ち組の表情だった。

「では、さっさと終わらそう。おい、お前ら！　成績表の前からどけ！」

「はぁ？　なんだよお前……って御剣!?　は、ははっ、悪い悪い！　邪魔になっちまってたな！」

「ご、ごめんね御剣君！　ほらみんなどこう！　御剣君が成績表見たいって！」

御剣が偉そうな一声をかけると、男女問わずその道を譲りだす。

誰も彼もがこいつの言葉を無視できない。

イケメンな顔、運動神経、学力、親の社会的地位――そんな人間にとって本来オプションパーツでしかない要素がこいつに王子様としての権力を与えているのだ。

（大人の世界でも少なからずそうだけど……学生の時って特にそういうオプションパーツのデカさを人間の価値と混同しがちなんだよな。別にイケメンでモテる奴とかスポーツで活躍している奴とかが無条件で偉い訳でもないのに……）

そして、俺と御剣はモーセの十戒のように割れた人垣の中を進み、全ての結果が記されたその場に並び立つ。

「さて、では勝負だ新浜！　自分の雑魚さをたっぷり噛みしめろ！」

わざとらしい大声で御剣が宣言し、周囲の奴らはざわめく。

「勝負……？」

「なんだなんだ？」

「御剣とあの新浜って奴がテストの点数を競うってことか？」

なるほど……『恥』やら『教育してやる』という言葉から薄々予想はしていたが、やはりこうやって周囲に〝勝負〟の図式をアピールすることで注目を集めて、俺の敗北感を増幅させる気か。

（パワハラ上司がよくやってたな……大勢の社員の前で部下を叱責して恥をかかせて、自尊心を傷つけて上下関係を叩き込むやつ。要はあれと同じだ）

「ふ……普段なら上から見るところだが、お前がどこまで食い下がったか見てやろうか。五十位以内に名前があったら褒めてやるぞ」

御剣はニヤリと笑って百位から上の順位を人差し指でツーッとなぞっていく。

おそらくこれも周囲の目を集めるパフォーマンスであり、俺を少しでも苦しめるための前振りだろう。

「おやおや、全く名前が見つからないな？　それとも多少は上に行けたのか？」

期末テストは全十教科で、ここに記載されている順位はその総合点だ。

つまり最大点数は千点であり、御剣の言う勝負とは俺たち二人の内どちらがよりそこに近いのかを競うことにある。

そして……御剣の指は進む。

周囲の生徒たちも御剣が成績表の名前をなぞっていくのを興味深そうに見ており、狭い廊下のこの一帯に、大勢の視線が釘付けになっている。

「とうとう十位以内だぞ？　九位……八位……七位……六位……はははははははは！　なんだ結局ランク圏外か！」

御剣が俺を嘲笑する。

なぞる指が上っていけばいくほど、その笑いは大きくなる。

「なんだ結局勝負する価値すら……なに……？」

御剣の指がぴたりと止まる。

そこに記されていた名前に、指を止めざるを得ない。

総合成績　二位　御剣隼人　九五九点

うわぁ、勉強せずに平均九五点超えかよ……頭がいいのはマジなんだな。

「馬鹿な……俺が二位だと……？　なら誰が一位に……」

御剣が顔を仰ぎ成績表のトップにある名前を見た。

周囲の生徒たちも同様にその一点に視線を集中させた。

そして、そこに記されていた名前は——

総合成績　一位　新浜心一郎　九七一点

「や……やったぜ新浜あああああああああ！　ほれ見ろよマジ一位だ！　ははははは！　すげえ……マジでやりやがったぜこの野郎ぉ！」

興奮しきった銀次が絶叫し、俺を成績一位の『新浜』だと認識したその場の生徒たち全員が驚愕の表情で俺を見る。

「そんな……ばか、な……こんな、こんなことはありえない……」

御剣は茫然自失といった様子で、俺という『下』が自分という『上』を上回った結果を凝視していた。まあ、俺を雑魚認定している御剣にとってはアイデンティティが揺らぐほどのショックだろう。

しかし——本当に俺は勝てたんだな。

勝ち組を負かして、俺が上回ったんだな。

（……いよおおおおおおおおおしっ！　勝った……勝ったぞぉぉぉぉぉ！　ざまあ見ろこの腐れイケメンが！　人のことを散々雑魚だのゴミだの言いやがって！　ざまあみろってんだ……！）

俺は表面上は平静を装いつつ、胸中では喝采を上げた。

正直このクソ王子には相当ムカついていたので、爽快感が半端ない。

「なにが……どうなってる。どうして俺が……あんな雑魚に……」

御剣がまだ現実を受け入れられない様子で呟くが、まあ要因は色々ある。

まず第一に、俺は前世のようなブラック企業に入社する未来を回避するために学力が必要だと痛感しており、今世では勉強に力を入れてきた。

前世では苦行だった勉強も今世ではその価値と楽しさを知り、中間テストではすでに十位になるほどの実力を培っていたのだ。

（けど、なんと言っても最大の要因は他ならぬ紫条院さんだな）

ラノベ禁止令を回避するために期末テスト対策の勉強を教えて欲しい——紫条院さんか

らそう頼まれた俺はその喜びと使命感から完璧を求め続けた。

紫条院さんから聞かれた質問に『わからない』などと言いたくなかったため、あらゆる教科の教科書をほぼ丸暗記し、授業内容はもちろん各先生の出題傾向まで押さえた『真・完璧ノート』を作成し、果ては問題の作成まで行っていた。

勉強会自体は週に数度だったが、俺はプライベートの時間も使って絶えずその仕込みをやっていたのだ。

そしてその活動は、中間テスト直後から文化祭を挟んで現在に至るまでずっと続いていた。何せ、やればやるほど紫条院さんの期待に応えられて、ついでに自分の学力も上がるのだ。こんなに美味しい話はない。

（前世で同じテストを受けてたのもプラス要因だったな。当然十四年前に受けたテストの内容なんて忘れてるけど、実際に授業を受けてたら段々記憶が蘇ってきてどの辺りがテストに出たかは多少思い出したたし）

そしてそういった諸々の要素の結果——俺は試験範囲を完全に網羅していると言ってよいほどに習熟した。おそらく、この期末テストをここまで偏執的に対策した奴は俺以外にいないだろう。

ちなみに、これが地力の試される実力テストとかだとおそらく勝つのは難しかっただろう。範囲が限定されている定期テストだからこそ、俺にも勝機があったのだ。

「ずっと言ってるけど、俺はお前との勝負なんて受けていない」

圧倒的な自負心を失ってフラつく御剣に、俺は言葉を投げる。

「けどどうしてもお前が点数の比べっこがしたいのなら、あえて言ってやるよ」

そうして俺は口にする。

負け続けた前世では終ぞ使わなかった勝利者の言葉を。

「俺の勝ちだ——御剣」

この勝負騒ぎの決着として、俺は宣言した。

そして、俺と御剣を囲む生徒たちは、その光景を目の当たりにしてざわざわと騒ぎ出す。

「ウソだろ……新浜がマジで一位だ……」

「あいつそんなに頭が良かったのか……？」

「え、何？　俺の勝ちって……あの新浜って人と御剣君がテストの順位で勝負して御剣君が負けたってこと……？」

「おいおい……御剣の奴、めっちゃショック受けてるぜ。普段死ぬほど偉そうにしてる割にざまぁないな」

「ぷ、くく……！　ご、ごめん笑いが……！　御剣君さっきまであんなに自信たっぷりで順位を数えてたのに……あの目をむいて魂が抜けちゃったみたいな顔……！」

俺の勝利宣言を聞いた周囲の奴らが、ざわざわと騒ぎ出す。

御剣が衆人環視の中で勝負の結果を明らかにしようとしたのは、俺に赤っ恥をかかせて身の程をわきまえさせるためだったんだろうが……そっくりそのままお前に返ってしまったな？

「お前……！　おまえええええええええ！　何か不正をしただろう！　そうでなければ俺が負けるはずがない！　俺が、負けるはずが……！」

敗北のショックで固まっていた御剣が、突如惑乱したかのように吠（ほ）えた。

おうおう、怒りに震えているな。

まあ、今のお前の頭の中は大体予想できるよ。

勝ち組のお前は勝つことが当たり前で、それがねじ曲がったプライドの基盤でもある。

俺に負けたことを認めたら、自分というものが崩壊してしまいそうなんだよな。

「不正なんかしていない。俺はただ努力しただけだ」

人生やり直しによる勉強への意識改革が不正と言えばそうだが、この結果は間違いなく努力によるものだ。

「ふざけるな……！　努力なんかで凡人が俺に勝てる訳がない！　雑魚（ざこ）は何をやっても俺

に及ばないくだらない存在だから雑魚なんだ……！」

なるほど、普段雑魚雑魚言ってるのはそういうことか。

自分が労せず蹴散らせる凡人が弱すぎて、対等な人間だと思っていない。

それこそが、こいつの『貴族の自分とその他大勢の平民』みたいな思考をここまで強固なものにしてしまったのだろう。

「お前がどう思おうが勝手だけど、事実としてテストの総合成績は俺が勝った。それで……お前さっき何て言ってたっけ？」

さきほど御剣が俺に言い放ったメチャクチャな理屈の台詞は、重要な言質になると踏んで全部覚えている。

「『このテスト勝負の敗者は二度と春華に近づいてはならない』『お前の意思がどうあろうとな』って確かに言ったよな」

「な……っ」

紫条院さんの名前を周囲に聞かせたくないのでそこだけ小声にして告げると、御剣の奴はどうやら自分の言葉を思い出したようだった。

「ってことはだ。勝負なんて受けてないっていう俺の意思は一切考慮されず、お前の決めたルールに則って、敗者のお前は二度と紫条院さんに近づいちゃいけない訳だ」

「貴様……！　貴様などが……よくも俺を敗者などと……！」

「敗者だろ？　周りの目を見てみろよ」

俺がそう告げると、御剣の奴は初めて周囲の様子を認識したようだった。

この場にいる大勢の生徒から御剣に集まる視線に同情はない。

さんざん勝負だと叫び、騒ぎ、俺を煽った末に敗北した王子に向けられるのは、呆れた顔か、小馬鹿にした目か、もしくは失笑だ。

ここに集まっている生徒たちにしても、ただのお調子者が失敗したくらいでここまで冷ややかな反応はしない。これは明らかに、御剣の普段の行動の結果だろう。

こいつの味方をしようという奴は、誰もいない。

「お前の決定に勝るものはないんだろう？　ならどれだけ悔しくてもちゃんとルールは守れよ御剣」

「何を……！　雑魚が……雑魚のくせにっ……！」

「ま、どう呼んでくれてもいいけど……その雑魚に負けたんだからお前も雑魚なんじゃないか？　もしくは下魚？」

「〜〜〜〜〜〜っ！」

御剣が屈辱に震えるように歯を噛みしめ、親の仇でも見るかのような視線を向けてくるが、もはやこれ以上付き合うつもりはない。

俺は話は終わりだとばかり踵(きびす)を返し、銀次と一緒に教室へ引き上げた。

＊

「おう、お帰り新浜！　一位おめでとうなー！　いやお前マジすげーわ！」

「前回の十位も凄(すご)かったけど一位は凄すぎだって！　どういう勉強したの⁉」

「コツとかあんのか⁉　正直死ぬほど教えて欲しいんだけど！」

「え、ちょっ……え？」

教室に入るなり、ツンツン頭の男子生徒である赤崎(あかさき)を始めとして、大勢の生徒が祝福の声を上げ、俺はかなり面食らった。

な、なんか情報早くないか？

「ああ、お前は気付いてなかっただろうけど、あのテスト勝負で騒がしくなったんで、ウチのクラスからも結構な人数が来て遠巻きに見てたんだぞ。御剣が成績表を指でなぞり始めたあたりから、負けて大勢の前で赤っ恥をかくまでな」

「え……全然気付かなかった……」

銀次の説明を受け、俺は頬をポリポリとかく。

まあ、あれだけ騒げば近くのクラスは何事かと思って出てくるか……。

「それで……なんで筆橋さんは目をつぶってるんだ？」

「眩しい……！　今の新浜君は私には眩しすぎるの……！　瞼を開けたら学年一位の光で目が潰れちゃうけど、こうして御利益にあずかりたいから拝んでるんだよ！」

手を合わせて拝むなよ！

大仏か俺は⁉

「感謝するぞ新浜！　よくやってくれた！」

ずいっと身を乗り出してきたのは野球部のイケメン男子・塚本だった。

なんだか知らないが、めっちゃヒートアップしてる。

「あの御剣とかいうクソ野郎は、この前俺の彼女があいつの前を歩いていたってだけで『どけ、雑魚女』なんて言いやがったんだ……！　その場でぶっ殺してやろうかと思ったけど野球部に迷惑かかるからって彼女に止められて、ずっと悶々としていたんだよ！　あいつに吠え面かかせてくれて本当にありがとう！」

「そりゃあまた……災難だったな」

ロクなことしてねえな、あいつ……。

「そうそう、別クラスの俺の友達はあいつに廊下で肩が当たっただけで『俺に触れるな雑魚！』ってキレられてめっちゃ怒鳴られたし！　大方お前もあいつから因縁つけられていたんだろうけど、返り討ちにしてくれてスカッとしたぜ！」

「あいつマジでクソだからな！　俺が缶コーヒー買って歩いていたら『ちょうど喉が渇いていた。よこせ』とか言って奪って堂々と歩き去ったんだぞ!?」

やはりあの王子サマは俺だけじゃなくて、あちこちでトラブルを起こしていたようで、俺と御剣のことも『どうせ御剣が何かイチャモンつけてきたんだろ？』と皆が認識してくれている。そしてそれは普通に正解だ。

しかしこれだけいざこざがあっても今まで表だってあいつに逆らう奴がいなかったのは、スクールカーストの力学と……あとはあいつの家が地元の権力者ってことも関係しているんだろうな。

「一位おめでとうございます新浜君。成績貧民の私は今後あなたのことを成績大富豪の新浜様と呼びますね」

「イジメかっ!?」

風見原ジョークは笑いどころがわかんないんだよ！

「まあ、それはともかく……あの御剣隼人に絡まれているとは知りませんでした。騒ぎを聞いて教室から顔を出してみれば、ドヤ顔で順位を数えていた王子の表情がベコベコに凹んでいくシーンに遭遇してめっちゃ笑ったところです」

「……お前もそうだけど、なんか女子もあいつが自爆して嬉しそうな奴多いな？　あいつって女子人気が高いんじゃなかったのか？」

そのイケメン王子を負かしてしまったので、俺を恨む女子もいるかもと思っていたんだが……。

「ああ、確かにあのイケメンさと傍若無人っぷりを信奉する子も学年に十人から二十人はいますから、女子人気が高いというのは間違いじゃありません」

その子らもあくまで遠巻きで眺めていたい派が多いですけど、と風見原は付け加えて続ける。

「少なくとも私は無理です。人を『おい、そこの雑魚』とか呼ぶのがデフォルトの男子はリアルだとちょっと……」

「だよなぁ……」

風見原の言葉に他の多くの女子たちもうんうんと頷いており、

「女子にも雑魚とかブスとか言いたい放題だし……」

「話していると三秒で気分が悪くなるもん」

「イケメン無罪にも限度があるっていうか……」

と口々に言う。

何というか……当たり前の話だけど普段の行いって大事だな……。

「あ……それと風見原さん。紫条院さんを知らないか？　姿が見えないんだけど……」

「ああ、新浜君にとっては学年一位やら王子様やらより、そっちの方が遥かに重要ですもんねぇ」

小声で聞く俺に、メガネ少女は意地の悪い笑みを浮かべる。

ぐ……俺の気持ちがバレている相手はやりづらい……。

「食堂前の自販機に飲み物を買いに行ったままみたいですけど、そろそろ戻ってくるんじゃないですか？　そっち方面に行けば途中で会うと思いますけど」

「そうだな。じゃあちょっと俺はこれで……」

「ええ、二人っきりの勉強会の成果をしっかり分かち合ってきてくださいね？」

俺の恋愛事情を把握している風見原のニヤニヤ顔に顔を赤くしつつ、俺は皆に断って教室を出る。

そう、俺にとって御剣のことも学年一位のこともさして重要じゃない。今俺の胸を占めているのは、意中の少女の頑張った結果だけだった。

四章　勝負とか関係なく当然の結果

廊下に出て足を進めると、どうもすれ違う生徒からチラチラと視線を感じた。

それだけじゃなく、俺が通るたびにヒソヒソと話し声が耳に届く。

「ほらあれが一位だった……」「ああ、さっき御剣（みつるぎ）を凹ませたっていう……」

「全然勉強しないで教科書を見ただけで一位取ったらしいぞ」「御剣を挑発して公開処刑にするまで最初っから全部計画してたらしいぜ」「ひぇ……怖い奴だな……」

なんか噂に尾ひれがつきまくってる……！

俺はめっちゃ努力したし、御剣のアレはほぼあいつの自爆だっての！

（まあでも……クラスのみんなが祝ってくれたりこういう視線を受けたりすると勝ち組と戦って勝ったんだって実感がわいてくるな……）

別に今の俺は前世の高校時代に比べて頭が良くなっている訳じゃない。持っているのはただ狂おしい後悔と、紫条院（しじょういん）さんの期待に応えたいという想いだけだった。

けれど、そんな心の有り様一つで、勝てないと信じ込んでいたものを打倒できることもあるらしい。

（ん？　あれは……）

貼り出された成績表のところまで戻ってきたが、ほとんどの生徒が見終わったらしく人影はまばらで、御剣の姿もなかった。

そしてそこに――成績表を食い入るように見つめ、口元を手で覆って驚きに固まる長い黒髪の少女はいた。

「紫条院さん！」

「あ……！　新浜（にいはま）君っ……！」

俺の声に振り向いた紫条院さんの声は、なんだかとても興奮していた。

「今、成績表を見て……すごく驚いて、すごく嬉しくて！　学年一位すごいです！　すごいすごいすごい！　ああもう、なんだかとっても気持ちが弾けそうです！」

両の手を握り締めて、紫条院さんが感情のままに言葉を紡ぐ。

目をキラキラさせて本当に自分のことのように感極まっている。

「ちょ、嬉しいけど落ち着いてくれ。なんだか推しアイドルのコンサート会場から出てきたファンみたいになってるぞ」

人がまばらになったとはいえ、最高レベルの美少女である紫条院さんが興奮している様子はあまりにも人目を引く。注目が集まるのを感じた俺は紫条院さんを伴い、人気のない階段の踊り場付近まで移動した。

「ご、ごめんなさい、つい興奮して……でも本当に嬉しかったんです」

ついさっきの感情を溢れさせた自分の様子を思い出してか、紫条院さんが頬を赤らめる。

「最近新浜君が期末テストのために凄く頑張っていたのを知っていたので……その努力が一番凄い形で報われたんだって思ったら、とっても嬉しくなったんです……！　本当に、本当におめでとうございます！」

「紫条院さん……」

黒髪の美しい少女は、心からの言葉と満面の笑みで祝福してくれた。

その笑顔はあまりに眩しい。

清らかで純粋な心がそのまま華となって咲いたようで、俺は何を言うのも忘れてしばし彼女に魅了されていた。

「ありがとう……紫条院さんにそう言ってもらえて、凄く……凄く嬉しい……」

大好きな女の子が俺の努力を見てくれていて、それが報われたことを自分のことのように心躍らせて喜んでくれている。

言葉は時に不便だ。暖かい春風に満たされるようなこの喜びを伝える台詞が、俺にはどうしても思いつかない。

「その……俺からもおめでとう。学年五十八位で前回より大幅にアップだな」

「はい！　ブラックコーヒーを飲んで気持ちに活を入れないと成績表が見られないくらい不安でしたけど……なんとかある程度のところまで行けました！」

「ああ、俺も紫条院さんの努力が報われてすっごく嬉しい……。平均点より遥か上の点数だからこれでラノベ禁止令は回避できたな」

「あ……そうですね。ええ、それもクリアです」

「え？　ラノベ禁止令を回避できるかどうかの瀬戸際だったからあんなに緊張して不安になっていたんじゃないのか？」

元々紫条院さんが俺に勉強を教えて欲しいと言ってきたのも、それが理由だ。

というかそれ以外にあんなに緊張する理由なんて……。

「いえ、それももちろん忘れていた訳じゃありません。けれど……私が緊張していた理由は新浜君です」

「え？　俺？」

そこで自分の名前が挙がるのは完全に予想外で、俺は目を瞬かせた。

「そうです。私のお願いから始まった勉強会ですけど……新浜君はとにかく骨を折ってくれました」

文化祭前の……二人の勉強会を始めた時を思い出すようにして紫条院さんは続けた。

「参考資料をまとめてくれたり、あの凄い完璧なノートを使って授業を再現してくれたり、問題を作ってくれたり……お世話になったどころの話じゃありません」

「いやそれは……俺の勉強にもなるし気にしなくていいって何度も言ったじゃないか。ジュースやお菓子は紫条院さんにかなりおごってもらったし」

勉強会は紫条院さんと一緒の時間を過ごせるため、俺にとって何物にも代えがたい至福の時間だった。

だが、当然ながらそこまで正直に言えないため、紫条院さんは『何も対価を渡さずに時間を割いて勉強を教えてもらっている』と気にしている様子だった。

なので、勉強会中のジュースやお菓子の提供を彼女が申し出た時、俺はそれで紫条院さんの気が軽くなるならと、ご馳走になることにしたのだ。

「もう……新浜君の負担があんなおやつくらいじゃ全然釣り合わないことくらい、私でもわかっているんですよ？」

くすりと小さく笑って、紫条院さんは続けた。

「だから私は勉強会の回数を重ねるたびに、ライトノベル禁止令のことはそこまで重要じゃなくなっていました。あそこまで私に付き合ってくれた新浜君の力添えをフイにするような成績だったらどうしようって……それだけが不安だったんです」

そして、紫条院さんは俺をじっと見つめた。

その瞳にあるのは深い感謝と——晴れ晴れとした想い。

「新浜君のおかげでここまでできました——そう胸を張って言いたかったから」

言って、紫条院さんは満ち足りた笑みを浮かべた。

俺が先生として尽力したことに対して結果で報えたことが嬉しいのだと、どこまでも如実に語る誇らしい笑顔だった。

「……紫条院さん、すごくいい顔してるな」

「ふふ、ありがとうございます。でも……新浜君もとてもいい顔をしてますよ」

「ああ、お互い頑張ったもんな」

お互いがお互いを想い合って、努力を重ねていった上で望む結果を引き出せた。

心地よい満足感に、俺たちはどちらともなく笑い声を漏らす。

そして、そんな幸福な空気の中に——

「ははっ！　聞いたぞ春華！」

聞きたくもない声が響き、甘い気分になっていた俺の意識は素に戻された。

そして振り向けば、そこにあったのは腐れイケメン野郎の顔だ。

さっき俺とのテスト勝負で敗北して赤っ恥を晒した絶賛株大暴落中の王子――御剣隼人がそこにいた。

こいつ……何しにきやがった⁉

「え、え？　御剣君？　その……何か私に用なんですか……？」

紫条院さんが目を白黒させている。

突然現れた御剣に、明らかに困惑していた。

「ああ、そうだ！　そいつとの話が聞こえていたが、お前は学力を上げるために教師役を必要としていたんだな⁉」

「ええと、それはそうですけど……それがどうかしたんですか……？」

「なら喜べ！　これからは俺がお前に勉強を教えてやる！」

は、はああああああああああ⁉

何を言ってるんだこいつ⁉

「今までは決まりきった運命だからと特段急ぎはしなかったが……妙な虫の影がチラつかないように俺たちの関係を示すこともそろそろ必要だろう。そのためには教師役というのも悪くない。これから共に過ごす時間をお前へ与えてやろうというんだ」

「え？　え？　な、何なんですか突然!?　言っている意味がわかりません！」

紫条院さんがさらに困惑を深めて当然の反応を見せる。

御剣の発言はただでさえストーカーのような妄言でしかないのに、紫条院さんはテスト勝負のことを知らないので、本当に訳がわからないだろう。

「なに遠慮することはない！　俺たちは幼少時より慣れ親しんだ仲だろう！　お前と初めて会った時の興奮は、今でもありありと思い出せる……お前とてそうだろう！」

紫条院さんの言葉を一切聞かず、御剣は俺と相対した時と変わらず自分の言葉だけを口にし続ける。

自分たちは幼い頃から特別な関係だっただろうと、陶酔したかのような様子で少女へ同意を求めるが——

「幼少時……？　そ、その、すみません……実はあまり覚えていなくて……」

「……なに？」

紫条院さんは困惑の色を残しつつも、おずおずと言葉を返す。そしてそれは、熱に浮かされた御剣の言葉に図らずも冷や水となってぶっかかる。

「その、失礼なので今まで伝えにくかったんですけど……実は小さい頃に一度パーティー会場で会ったということも全然覚えていないんです。高校に入って御剣君がそう言うので、そういうこともあったんだと知っただけで……」

「な……」

御剣にとっては強く印象付けられた出会いだったらしいが、紫条院さんにとってはそうでもなかったようだ。

その事実はこの俺様男にはショックだったらしく、しばし言葉を失って硬直する。自分という存在が忘れられていたなんて、まるで想像していない様子だった。

「ま、まあいい……どうせこれからは勉強を教える時間を二人で過ごす！　俺がいかに優れた男かは今から知ればいい！」

紫条院さんの天然カウンターでメンタルをぐらつかせながらも、御剣はなおも決定事項であるかのようにそう言う。クソ、ショックで退散すればいいものを……！

「大船に乗ったつもりでいろ春華！　俺はそこにいる愚劣な雑魚とは比べものにならないほど有能だ！　お前の成績もすぐに学年五位以内に上昇させてやる！」

「……ぐれ……つ……？　ざこ……？」

自信満々で言い放つ御剣に、紫条院さんはその言葉の意味が理解しがたいという面持ちで呆然と呟く。

この野郎、紫条院さんに汚い言葉を聞かせやがって……！

「お前……！　そもそもどの面を下げて紫条院さんに近づいているんだ⁉」

俺との点数比べに負けたくせに『敗者は二度と紫条院さんに近づかない』という自分が決めたルールは堂々と無視か！

「黙っていろ邪魔くさいゴミが……！　俺がその時に望むものが最も優先されるルールだ！　そして俺は春華と話をしている！　俺たちの蜜月を邪魔するハエはとっとと失せろ！」

（な、何が蜜月だこのクソ野郎……！　相変わらず話にならない……！）

こいつがあれで大人しく引き下がるなんて俺も思っていなかったが……言ってることも行動も想像の遥か上を行く幼稚さで目眩がする。

ここまで恥を知らないのなら、ルールや約束でこいつを止めるのはおそらく不可能だ。

「さあ春華、もうそんな愚物に頼る必要なんてない……お前は俺の教師役としての卓越した手腕に感激するだろう！　御剣家に招き、手ずから教えてやるぞ！」

この……！　これ以上好き勝手にベラベラと喋らせてたまるか！

ここは俺がガツンと――

「……お断りします。あなたに教わることは何もありません」

俺はぎょっとして思わず御剣に対して開きかけた口を止めてしまう。

何故なら紫条院さんが発したその拒絶の言葉には、彼女から一度も感じたことのない刃のように鋭利さと、酷薄なまでの冷たさがあったからだ。

「な……なんだと……？　俺がものを教えてやろうというのに……それを断ると言うのか……！」

御剣が信じられないという様子で戦慄く。

いやいやいやいや、俺からすればそんな提案がいきなり通ると確信しているお前の方が信じられねえよ。

「……高校に入って何度も話しかけてきましたけど、御剣君はいつもそうですね」

本当にこれが紫条院さんの声かと一瞬疑うほどに、その声音は冷ややかだった。

のみならず、普段は天真爛漫な少女の瞳もまた、およそ見たことのない冷徹さが宿っていることに俺は心底驚いた。

「いつも自分の言いたいことばかりで、他人の気持ちは気にもしない……。そんなふうだから、私はずっとあなたを避けていたんですよ……！」

言葉に明確な非難を込めて、紫条院さんは言った。

だが、それでも御剣にその言葉は理解できない。見えている世界が違いすぎて、紫条院さんの言葉が届かないのだ。

「……何を言っている？　言いたいことだけを言って何が悪い。他人への忖度なんて雑魚同士のやることだろう。俺は御剣隼人……あらゆることにおいてそこらの雑魚とは違う、お前に相応しい『上』の男だぞ！」

「『上』……？　すみません。ちょっと言ってることがわかりません」

「『上』は『上』だ！　お前は家の格も美しさもそこらの女とは違う！　だからお前はそこにいる『下』のハエのような男じゃなく、同じランクにいる俺と一緒にいるのが正しいんだ！」

この野郎黙って聞いてりゃ……！

俺に完全敗北した下魚王子が抜かしてんじゃ——

「——いい加減にしてください」

え……今の冷や汗が出るくらい重いドスのきいた声……。

紫条院さんの口から出たのか……？

「聞いていれば口汚いことばかり……！　さっきから新浜君のことを雑魚とか愚劣とかハエとか……！　失礼だとは思わないんですかっ⁉」

普段決して見せない怒りの感情を露わにして、紫条院さんは声を荒らげる。

「新浜君は自分の勉強だって大変なのに、私のために資料や問題を作ったりと、本当の先生以上に力を尽くしてくれたんです！　それをさんざんけなして……一体何様のつもりなんです⁉」

怒ってくれている。

あの温和でぽわぽわした紫条院さんが俺のことで――

「な……ど、どうしたと言うんだ春華……？　そんな雑魚どうだっていいだろう？　お前のような女は俺と一緒にいるべきであって――」

「私からすれば！　あなたの言っていることは何一つ理解できません！　今唯一わかったのは、あなたがとても失礼で不快な人だということだけです！」

普段はにこやかな表情のみを浮かべているその美貌(びぼう)を憤りに染めて、紫条院さんは怒りをそのまま口にするようにして言葉を紡ぐ。

「あなたなんか大っ嫌いです！　もう二度と私に話しかけないでください！」

「な……っ」

トドメの言葉で、御剣は目を見開いたまま完全に硬直した。

完全なる拒絶と嫌悪の言葉に、こいつの精神基盤であるプライドが砕けたガラス細工みたいに粉々になったようで、微動だにしなくなる。

「新浜君、私、ちょっと今は冷静にお話しできないのでまた後で会いましょう！　とにかく今はこれ以上この人の近くにいたくありません！」

言って、紫条院さんは爆発した感情を抑えきれないように走ってその場を後にした。

そして後には――

「ま、まて……はる……」

たった数秒前とは別人のように憔悴（しょうすい）した御剣が、紫条院さんが走り去った方向へ向かって力なく腕を伸ばす。

だが当然その声も手も届くことはなく、ただフラフラと立ち尽くすことしかできない。

全てが思い通りにいくはずの現実から痛烈に殴打され、自己意識に強烈なダメージを負ったようだった。

「なぜだ……なぜ……なぜ……なぜこんなことになる……？」

ヤバい顔でブツブツと繰り返しているが、俺はその答えを知っている。

常識的な観点から言えば、他人のことを考えない人間は紫条院さんが最も嫌うタイプだからだ。だがそういう当たり前の話以前に、こいつには理解すべきものがある。

「教えてやろうか？　何故も何も、そもそも前提が違うんだよ」

「な……に……？」

相当に心がダメージを受けているようで、御剣はいつもの威勢を失った様子で俺の方を見た。

そして俺は、こいつの中にあるものを指摘する。

「そもそもお前……運命の相手とか言ってるけど、紫条院さんに惚れている訳じゃないだろ？」

「………」

俺の一言に、御剣は何も言葉を返さない。ただ呆然と俺に視線を向けている。

「話してておかしいと思っていたんだよ。お前ってば、紫条院さんのことを語る時に、見た目や家柄やらの『価値』以外の内面のことに全然触れない。おまけに顔に出ていたのは恋愛感情っていうより物欲みたいなもんだったし」

自分が紫条院さんに恋しているからこそわかるが、十代の男子――特に御剣みたいな態度と感情が直結しているような人間が特定の女子への想いを語るなら、少なからず恋心の熱が出るものだ。

だが、こいつは紫条院さんについて、まるで宝石の価値を語る時のようなことしか言わず、その言葉にも異性に対する執着というものが感じられなかった。

「その代わりに異様に大事にしていたのは、とにかく『上』と『下』っていうルールだ。

そのルール外のことは、この世に存在しないってレベルでな」

　御剣は常にそうだった。

『お前なんかが春華と一緒にいるだけで罪悪なんだ』

『そんな「下」の奴は俺のような「上」に平伏して生存を許してもらうのが常識だろう』

『高校生にもなって最低限のルールすら知らないとは、どこまでゴミなんだ？』

　口にするのは、いつも自分がどう思うか、どうしたいかではなく、どこにも存在しないルールを頑なに守る姿勢と、それを破ることへの罪深さだった。

　自分は何でもできるし、どう振る舞ってもよいと言いつつ、実際は御剣こそ『上』というテンプレートに行動原理を囚われている。

　それは奇しくもスクールカーストの不文律と全く同じだ。

　カースト一軍は偉い。一軍は一軍と付き合わなければならない、三軍は三軍同士で群れなければならない、一軍の言うことに三軍は逆らってはいけない……。

　そんな誰が決めた訳でもないルールに、自分の行動を決定されている。

「お前が紫条院さんに執着したのは結局、ただ単に家柄とか可愛さとかのスペックが最上級だったから、手に入れれば自分がさらに『上』へ行けると思ったからだろ」

　こいつが見ていたのは、紫条院さんの中身ではなく表面上の『最上級』だ。

ブランドもののバッグやアクセサリーを所持すれば自分の価値が上がると錯覚し、本質を見ずに執着することにも似ている。

「それで、最高スペックの自分なら紫条院さんは断る理由がないってのがお前にとっての当然なんだろうけど……あいにく紫条院さんはそんな世界観を持ってはいないんだよ。お前がフラれた理由はそれだ」

ある意味、こいつはスクールカーストの権化のような奴だ。

『上』であることこそ正義というごく狭い価値観をまるで絶対のルールのように思い込み、それが全世界共通のことだと信じて疑わない。

「何だそれは……!? お前ら雑魚(ざこ)ならともかく春華は紫条院家の女だぞ!? あいつは滅多にお目にかかれないほどの『上』だ……だからこそあいつを手に入れれば、俺はさらなる高い場所へ行ける！　そして、あいつにとっても俺のような上流の男となら幸福だろう!? その真理をどうして理解しない……！」

自らの絶対の価値観を否定された御剣が、意味がわからないと言わんばかりに叫ぶ。

他人には他人の価値観があるってことが、こいつには理解しがたいのだろう。

「ま、その辺は自分で消化してくれ。ただ、お前にキレる権利はないぞ？」

「なに……？」

「だってそうだろ？　御剣家より紫条院家の方が家柄も財力も格段に優れてるじゃないか。つまり、紫条院さんはお前より『上』なんだから、どれだけプライドを粉々にされても黙って受け入れないといけないんじゃないか？　お前がずっと言ってた『上と下』の理屈ってそういうことだぞ」

「……っ！」

御剣は反射的に何か叫ぼうとしたようだが、俺の理屈がまさに自身が掲げる上下ルールに則るものだったせいか、反論を口にできずに押し黙る。

「じゃあな。お前を最初に見た時はなんて好き勝手に振る舞う奴だって思ったけど……自分が好きでもない女の子の『格』だけを見て執心するあたり、とんでもなく不自由な奴だなって今は思うよ」

それだけを言い置いて、俺は踵（きびす）を返す。

こんな話をしたからと言って、御剣が反省するとは思えない。

だが、こうやって奴の価値観に揺らぎを与えておくことで、今後こいつが復讐（ふくしゅう）やらストーカーやらを企てる可能性が一％でも減らせれば御の字だ。

できればもう二度と関わりたくないなと思いつつ、俺はこの場を早々に立ち去った。

＊

「さっきは一人だけあの場から離れてしまってごめんなさい……！」

紫条院さんを捜して歩いていると、すぐに中庭で呼吸を整えている少女を見つけて合流することができた。

そして、紫条院さんは俺の姿を見ると、開口一番に謝ってきたのだ。

「あまりにも頭が熱くなりすぎて自分でもどうにかなりそうで、ちょっと一人で頭を冷やす時間が欲しかったんです。まだ、なかなか冷めませんけど……」

「いや、全然気にしてないし、むしろ俺の方が悪かったよ。本当は悪口を言われた俺が矢面に立って黙らせるべきだったのに……」

結局、御剣に決定的なダメージを与えて沈黙させたのは紫条院さんだった。

常識外れな男への対処を女の子に任せてしまったようで、なんとも情けない。

「新浜君は全然悪くありません！　私はただ許せないっていう気持ちを口に出さずにはいられなかっただけです！　とってもいい気分で新浜君と話せていたのに……ああもう！　こんなに怒ったのは生まれて初めてです！」

紫条院さんがプンプンと怒りが収まらない様子で言う。

あの馬鹿王子の相手は最初から最後まで気分最悪だったが……こうして好きな人の知らない一面を見られたのは、実に新鮮でありがたいことだった。

「その……珍しいな。紫条院さんがそこまで怒るなんて」

普段温厚な人が怒ると怖いとはよく言うが、天真爛漫な天使である紫条院さんが見せる怒りも中々の迫力だった。今もまだ、言葉の端々にかなりの不快感が滲んでいる。

「ええ、まさかあそこまで失礼な人だとは思っていなくて……まあ、あの人とは二度と関わりませんから、もうどうでもいいですけど」

お、おおう……普段の紫条院さんなら絶対にしない凄くバッサリとした言い方だ。

呼び方も知らない他人みたいになってるし、どうやらあの馬鹿王子の無礼丸出しの態度には相当腹を据えかねたらしい。

これは……俺があいつに因縁つけられてテストの点数比べをするハメになったことは、後で話した方が良さそうだな。

今はとにかくあいつの名前は聞きたくなさそうだ。

「ふう、とりあえずあの不愉快な人のことは忘れるとして……新浜君にはテストが終わったら勉強会のお礼の話をしたかったんです。まずちょっと聞きたいんですけど、食べ物で苦手なものってありますか？」

「え？　いや、ゲテモノとか以外ならあんまり好き嫌いはないけど……」

お礼にやや高めのお菓子なんかを買ってくるとかそういう話か？

うーん、そこまでしてもらわなくていいけど、紫条院さんが俺の労力に対して対価を払いたいのなら受け取っておくべきかも……。

そんな展開を予想した俺だったが、紫条院さんの口から飛び出た話はそんな生易しいものではなかった。

「良かった！　お父様やお母様に相談するのはこれからなんですけど……実は新浜君を私の家に招かせて欲しいんです！　お昼ごはんとお菓子を作っておもてなしします！」

五章　紫条院家への招待

　私の名は紫条院時宗(しじょういんときむね)。

　一代で巨万の富を築き、名家の令嬢を大恋愛の末に娶(めと)るという映画のような人生を歩んでいる成功者だ。

　今私は妻と娘と自宅のリビングでくつろいでおり、極めて上機嫌だった。

「学年五十八位……頑張ったじゃないか春華(はるか)！　前回の中間テストとは比べものにならないくらい成績が上がっているぞ！」

　娘の春華が持って帰ってきた成績表を見て、私は思わず顔をほころばせた。

　そこに記載されている数字には、娘がどれだけ努力したのかが如実に表れている。

「はい、頑張りました！　それでその……これでライトノベル禁止令は……」

「ああ、もちろんナシだ。けど今後も勉強に支障が出るほどハマるんじゃないぞ」

「はい、気を付けます！」

　どうやら本当にあのイラスト付き小説が好きらしく、春華は嬉しそうに応える。

　娘は勉学に対しても真面目なのだが、純粋な性格だけに読書や動画にハマると時間を忘れてしまうことが往々にしてある。

　今回はそういう面をたしなめるためにペナルティを課したのだが、無事突破できたことは喜ばしい。私とて、娘の趣味を邪魔したい訳ではない。

「それにしても何だか凄く成績が上がったわねぇ？　しばらく前からちょくちょく家に帰ってくるのが遅い時があったけど、学校で居残り勉強でもしていたの？」

　妻の秋子が不思議そうに言った。

　確かにここまでテスト結果が良くなるのは私も予想外だ。

「はい、そうなんです！　実は勉強ができる友達が放課後につきっきりで勉強を見てくれて……教え方も私のやる気を引き出すのも上手くて、本当に感謝の気持ちでいっぱいです！」

「まあ、つきっきりで？　いいお友達ができたのねぇ」

「ええ、その友達は本当に凄いんです！　私にずっと勉強を教えてくれていたのに、自分の勉強も凄く努力してて期末テストで学年一位だったんですよ！」

「ほぉ……確かにそれは凄いな」

友人のためにそこまで尽力しつつ、自分はきっちりトップに立つなどなかなかできることではない。相当に骨がある子だ。

「でも春華……あなた成績が満遍なくかなり上がっているけど、どの教科を教えてもらっていたのかしら？」

「それがその……最初は苦手な教科だけを教えてもらう予定だったんですけれど、いつの間にか大なり小なり十科目全部を教わっていて……」

「ぜ、全部だと!?　いくらなんでも世話になりすぎだろう!?」

その友達は一体春華にどれだけ時間を割いたんだ!?

「ええ、私もそう思ってそこまで時間を割いてもらうのは悪いと何度も言ったのですけど……『自分の勉強にもなるし楽しいから』と言って完全にお世話になってしまったんです。せめてもの気持ちでおやつは私が持って行っていましたけど……」

それはなんとも……底抜けのお人好しなのか友情に厚いのか……。

「しかもどの教科もとても教え方が的確で……テストの予想も教えてくれたんですけどバンバン当たって驚きました。今回の私の成績アップは本当にその友達のおかげなんです」

「まあ、凄い友達ね……あれ？　もしかして前に話していた文化祭の企画を一人で立てて準備や実際の運営の指示まで全部こなしていたクラスメイトと同じ子なのかしら？」

妻の秋子は聞いていたようだが、私はその話は初耳だった。

文化祭の準備も当日の開催も『凄く楽しかったです！』という春華の笑顔での報告で満足して、それ以上は知らなかったが……。

「そうなんです！　あの時はすごく練られた計画ととっても的確な指示でクラスを動かしていて、実質的なリーダーとして凄く忙しくしていたんですけど……そんな時でも回数を減らしはしても勉強会自体は続けてくれたんです」

「ま、待て……その子は何なんだ？　どう聞いても体力の限界を突破した活動をしているようにしか……」

いくら若いと言っても働きすぎだろう。

我が社であれば勤務体制に問題がないかチェックが入るぞ。

「それが……どれだけ忙しくしていても『睡眠時間をきっちり取らないとある日突然死ぬから』と言ってそこは絶対におろそかにしていないそうなんです。それでいて、物事を効率的に凄いスピードでやるのが得意で、何もかもこなしてしまうんです」

「聞けば聞くほど高校生らしくない子だな……」

特に睡眠時間のくだりはやけに実感がこもっている。

身内がそれで亡くなったのだろうか？

「それで……さんざん勉強でお世話になったお礼に、その友達を今度の土曜に家へ招待したいんです！」

「ほう、この家に？」

「はい、何か贈ろうかなとも考えたんですけど私が全部準備してお昼のおもてなしをした方が感謝の気持ちが伝わるかなと思って……」

その言葉を聞き、私は自分の娘が社長令嬢という環境に呑まれずに真っ当な育ち方をしていると知って安堵した。

自分で料理を作ってもてなして、感謝の気持ちを伝えたい――そういう感覚はとても大事だ。贈り物も良いが、自分で骨を折ると気持ちの大きさがよく伝わるものだ。

「ええ、凄くいいアイデアだわ！　私も手伝いたいところだけど春華が自分でやりたいのならそうしなさい！　ねえ、あなた？」

「ああ、もちろんだ。しっかりもてなしてあげなさい」

今回のテストにおいて春華の成績上昇は著しい。

それが全てその友達のおかげならば……その手腕は素晴らしいどころか正規の家庭教師代を払って良いほどの仕事をしてくれている。ここは春華の発案通りにきっちりとおもてなしをして礼を尽くすべきだろう。

「そこまでしてもらったのなら、ウチとしても何かお礼をしない訳にはいかないしな。私はちょっとその日に用事があって家を空けていて、その子に会えそうにないのがちょっと残念だが……まあ、気にせず楽しくやりなさい」

　春華がそこまで世話になったのであれば一言お礼を言いたいし、そんなスーパーな高校生とは一体どんな子なのかも興味がある。なので挨拶くらいはしたかったが、時間が合わないのは仕方ない。

「良かったです！　ありがとうございますお父様！」

「ははは、私は娘が友達を招く程度のことに反対する器の狭い男じゃないぞ」

　ふう、今日はいい日だ。

　娘にとても可愛らしい笑顔で『ありがとう』と言ってもらえるなんてな。

「……ん？　あら？　文化祭で活躍した子って確か、おと……あっ」

「？　どうした秋子？」

「ふふ……いいえ、何でもないわ時宗さん」

　今の言葉のどこに意味ありげな笑みを浮かべる要素があるんだ？

　おかしな奴だな。

「じゃあ、その友達に土曜日だって伝えておきます！　では、私はちょっと当日のお昼と

お菓子のメニューを考えるのでこれで！」

言うが早いか、春華はドタバタと自分の部屋へと戻っていった。

おうおう、ずいぶんとやる気だな。

「はは、若い女の子同士の友情はいいものだな。これまであの子の周囲には親友と呼べる存在がいなかったようだが……お互いにずいぶんと想い合ってるじゃないか」

「ふふ……ええ、仲睦(なかむつ)まじいわねぇ」

「む、どうした？　私の顔を見て含み笑いなんかして」

なんだかさっきから妻が挙動不審だ。

妙にニヤニヤしていたり、笑いをかみ殺したりしている。

「いえ、なんだか私もそのお友達に会うのが楽しみになってきたの！　土曜日が待ち遠しいわぁ！」

「おう、そうか。私は会えないだろうから、今後も春華のことをよろしくお願いしますと言っておいてくれ。あの子はちょっとほわほわしたところがあるから君が支えてやってくれとな」

「ぶふっ……っ！　い、いえ、そうね。そう言っておくわ」

「？」

突如こらえきれない様子で噴き出す妻を見て、私は訳がわからず首を傾げた。

＊

「うおおおおおおおお！　どうしよう！　どうしよう！」

自宅の居間で、俺は頭を抱えていた。

その原因はもちろん、先日紫条院さんから提案があったお家へのご招待だ。

どうやら無事にご両親の許可も得られたようで、俺は正式に紫条院家へのお誘いを受けたのだが――

「俺が紫条院さんの家に行く……!?　そんなシチュエーションはまるで想像していなかった……！」

どうしよう……紫条院家に行くこと自体は、凄く緊張するものの別に問題ない。

けどそのための装備が……。

「んー？　なに頭を抱えてるの兄貴？」

声をかけてきたのは妹の香奈子だった。

なんか最近こいつはよく居間にいるような気がする。

「あ……！　も、もしかして……この間言ってた王子（笑）との勝負に負け……」

「いや、それは俺が学年一位を取って完膚なきまでに勝った。しかもそいつは自分が言い出した敗者のルールを破って紫条院さんに粉かけようとしたけど『二度と話しかけないでください』とまで言われてメンタルが折れたっぽい」

「お、おおおおお!?　マジで完全勝利すぎるじゃん！　あれ、でも……なら一体何を大騒ぎしてたの？」

「ああ、それがな……」

かくかくしかじかと事情を話すと、流石に家に招待というイベントには香奈子も驚いたようだった。

「い、家に……!?　え、何それ脈があるどころじゃないじゃん！　もうこれ兄貴に落ちてるって！」

「馬鹿言え。前も言った通り紫条院さんはド天然かつほわほわのお嬢様なんだ。そういう色っぽい話じゃなくて、俺が勉強を教えたことに対して純粋にお礼がしたいだけだよ」

紫条院さんは自分がお願いした勉強会が俺の負担になっていないか、ずっと気にしていたからな。俺だってもし反対の立場だったら、紫条院さんに思いつく限りのお礼をしようと考えるだろう。

「ええー……目を潤ませながら『今度の土曜日……私の家、両親がいないんです……』みたいなシチュで誘われたんじゃないの？」

「紫条院さんを勝手にエロいシチュの素材にするんじゃないっ！　普通に純真無垢な笑顔で『私の家に招かせて欲しいんです！』って誘われたんだよ！」

そんな台詞をそっと耳元で囁かれたら……とか一瞬想像してしまっただろうが!?

「なぁーんだ……でもそれで兄貴は何を悩んでいたの？　勝負も勝って好きな子の家へのお呼ばれイベントも発生してハッピーしかないじゃん」

「……服がないんだ」

「は？」

「紫条院さんの家に着ていく服がないんだよ！　今から買おうにもどんな服がいいかさっぱりわからない……！」

今世において俺は前世で培ったメンタルの強さや知識を利用して物事をうまく進めてきたが、ファッションに関しては為す術がない。

なにせ俺は社畜業務で忙殺されていた上に生涯彼女ができなかったので、スーツ、シャツ、ネクタイなどの社会人的な身だしなみくらいにしか気を遣わず、女の子とプライベートで会うための服をコーディネートしたことなどなかったのだ。

「ある意味デートより重い家へのお呼ばれだ……いつもの量販店の服なんかで行けるか！くそ、ともかく今からデパートかメンズブティックでも行って……！」

「はい、ストーップ」

「がばっ⁉」

すぐ出かけようと腰を浮かした俺の腹に、香奈子の無情なパンチが突き刺さる。

「な、何すんだ！　家庭内暴力か⁉」

「だから落ち着こうって兄貴。服を買うのに慣れてない兄貴がいきなりデパートに乗り込んでも、何かズレた服を買ってきて貯めたお年玉を無駄にするのがオチだって」

うぐ……！　こ、こいつ生々しい未来を予言しやがって！

「そもそもそんなに背伸びしなくていーって」

「え……でも……」

「兄貴は高校生だし安い服着てるのが当たり前なの。無駄に生地のいい高い服なんて着てきたらむしろ年齢と合ってなくて浮くって」

「え……そうなのか……？」

服を買うのに全く慣れていない俺は、思わず正座して香奈子の教えに聞き入っていた。

中身的に見れば、元オッサンが女子中学生に教えを請うている図なのがなんとも情けない限りである。

「そそ、中学の女子でもブランドの服とかバッグ持ってる子もいるけど、何の工夫もなくただ身につけてるだけだから、違和感バリバリすぎて逆にめっちゃ子どもっぽいんだよね」

　中学生でブランドバッグ……？　え、なにそれ怖い。

　そういう子らの親ってみんな医者とか弁護士なの？

「だから安物服着てても清潔感だけ気をつければいいーって。髪切ってお風呂入って歯を磨いて鼻毛は切っとく。そして服は当然クリーニングから返ってきたばかりのやつを使うの。あ、でも服の色くらいは気を使ってね」

「い、色……？　色の何が重要なんだ？」

「そんなに大きい要素じゃないけど、初めてプライベートを一緒に過ごすのなら、基本的に黒は避けて明るい色がいいかな。兄貴が持ってる服の中なら……Tシャツはボーダー柄かブルーでシャツは無難な白とか？　ボトムは多少暗い色でも別にいいけど上着が白ならブラウンの綿パンがベターじゃない？」

　なんだこの女子中学生……めっちゃ頼りになる。

「相変わらずお前はそういう方面は強いな……それにしても俺が持っている服なんてよく知ってたな？」

「まーね。兄貴ってば以前から私服のコーディネートは全然ダメだったから『あそこをああすればまだマシになるのに……兄貴ダサッ』ってぼんやり眺めながら思ってたし」

「またそうやって俺をディスる……」

あれ？　でも……そうすると……。

香奈子お前……ボソボソ喋(しゃべ)っていた根暗の俺の時も、どんな服持っているのかわかるくらいに俺のことを見てくれていたのか？

「ま、いくら私でも付き合う前から家に呼ばれるとか聞いたことないし、行った先でどうすればいいかめっちゃ未知数だからそこは兄貴自身が頑張ってよ！　とにかくビッグイベントには違いないからここでガシッとお姫様のハートを摑(つか)んでこい！」

「お、おう！　頑張ってみるさ！」

ビッグイベント……うん、確かにビッグイベント以外の何ものでもないな。

紫条院さんと学校関連以外で触れ合うのはこれが初めてだし、家への招待というのは彼女に想いを寄せる男としてはとんでもなく重要なイベントだ。

「あ、でもいくら盛り上がっても他人の家でエッチなことをするのは駄目だよ？」

「するかアホォォォォ！　俺をなんだと思ってるんだ!?」

「え？　頭の中が特定の女の子でいっぱいの童貞でしょ？」

「そうだけど！　その通りだけど言い方ぁ！」

まあ、そんなふうに妹とジャレ合いながらもあっという間に日々は過ぎ――

紫条院さんの家に招待される日はすぐにやってきた。

＊

紫条院家の邸宅はやや郊外にあり、以前に紫条院さんを送って歩いた時はなかなか距離があった。

今回は『新浜(にいはま)君はお客様なんですから当然迎えに行きます！』と言われたので、俺は待ち合わせの場所に向かって歩いているのだが……。

(しかし……休日に紫条院さんと待ち合わせってだけでも非現実的なのに、行く場所は紫条院家のお屋敷とか……今更ながら信じられない状況だな……)

今世において紫条院さんと深く接するほどに、彼女の天然さを思い知る。

普通ならどれだけお世話になったとしても、彼氏でもない同級生の男子を家に招こうなんて考えになる訳がない。

(うう……凄くドキドキする……俺の中身ってメンタルはオッサンの強さがあるけど感情

の揺れ幅とかのハートの面は肉体年齢相応の十六歳仕様だもんな。喜びと緊張で胸の中のざわめきが凄い）

意中の女の子から『勉強会のお礼をしたいので家に招待させてください！』と誘ってもらえた喜びは踊り出したいほどに俺のテンションを高めているが、同時にセレブな紫条院家の敷居を跨ぐことには非常に緊張しているのだ。

（いやいや、余計なことは考えずにともかく今日という日を楽しもう。紫条院さんだって俺を楽しませるために招待してくれた訳だし）

そんなことを考えながら歩いていたら、もう目的の場所へ到着してしまった。

別に早く来たつもりもなかったのだが、社畜時代に刷り込まれた『遅刻は社会人にとって死罪もの』という観念が、無意識の内に十五分前行動を取らせたらしい。

「よし、ひとまず連絡を……あっ」

反射的にガラケーを取り出してふと我に返る。

俺の人生で待ち合わせと言えば、ほぼ業務出張に行く時のことだった。

なので、集合場所に着いたらひとまず上司や同僚に一報入れるクセがついているのだが、自分の携帯に紫条院さんのアドレスなんて登録されていないことに気付く。

（そうだよな……俺ってばまだ紫条院さんのメアドすら知らないんだよな……）

この時代はまだスマホもチャットアプリもないのでメールが主流だが、連絡先交換が親しい仲への第一歩なのは、未来と変わりない。

（多少なりとも紫条院さんとは親しくなれたつもりだけど……お互いのメアドも知らないんじゃ、客観的に見たらまだ友達未満だよな……。恋愛的に言うならまだスタートラインにも立ててないいんじゃないかこれ？）

それに、もうすぐ春が終わって夏がやってくる。

夏休みになれば、お互いの連絡先を知らない者同士の接点なんてほぼなくなってしまうだろう。

（そしたら前世と大差ない夏になるだろうな……）

紫条院さんに全く会えない夏……そんなものは絶対に嫌だと強く思っている自分に少々驚く。どうやら俺は自分が思っている以上に強い感情を紫条院さんに抱いているらしい。

そんなことを考えていると――ふと背後から涼やかな声が響いた。

「おはようございます新浜君！」

「え……紫条院さん!?」

声のした方へ振り返ると、そこには見慣れた少女の見慣れない姿があった。

（うわぁ……何というか……凄く『お嬢様』って感じだ……！）

学校の外で見る紫条院さんの私服は、極めて鮮烈だった。

トップは長袖の白いブラウスで、胸元に揺れるフリルが可愛らしさと清楚さを醸し出すが、同時に豊かな双丘が色地に強調されており、露出は一切ないのに男子の煩悩を刺激する。

ブラックのハイウェストスカートは大きく膨らみがあり、ストッキングに覆われた細い足が動くたびにふわりと動く。

ともすればややクラシックな服だが、その生地は俺が一目見てわかるレベルで高級であり、紫条院さんの美貌やプロポーションと相まって中世貴族の令嬢のようにも映り、一瞬で見惚れてしまう。

「ふふ、新浜君だったら絶対に約束の時間より早く来ると思っていました。今日は私のお誘いに応じてくれてありがとうございます！」

休日に街の中で私服姿の紫条院さんに会う——その新鮮な体験に密かに感動している最中、彼女はいつもの純真な笑顔を浮かべる。

ああ、これだけで今日は良い日だ。

本来学校へ行く日でないと会えないはずの紫条院さんと、こうして顔を合わせて言葉を交わすことができるなんて。

「家に呼んでもらってご馳走してもらうなんて、俺の方こそお礼を言いたいくらいだって。あー……その、それと……」

「？」

言い淀んで頰をかく俺を、紫条院さんが不思議そうに見つめる。

ここは妹の香奈子から『絶対に言ってよ！　恥ずかしくて言えないとかマジありえないから！』とまで言われてるし……頑張って口にしなきゃ……！

「そ、その服……凄く似合ってるな。何と言うか清楚で……綺麗だと思う……」

「……！」

顔を真っ赤にしながら、俺の偽りのない本心を口にする。

い、言えた……！　メチャクチャ恥ずかしいけど言えた！

「ふふ……そう言ってもらえると嬉しいです。ちゃんと選んだ甲斐があります」

紫条院さんがはにかみながら、胸に手を当てて穏やかな笑みを浮かべる。

よ、良かった……妹の戦術指南による『私服姿は絶対褒める』は天然の紫条院さんにも有効のようだ。

「ついこのままここでお喋りしていたくなりますけど……そろそろ家にお連れしますね。さあ乗ってください」

「え……乗るって……うわ、ロールスロイス……！」

紫条院さんが指さした先には、誰もが名前を知っているレベルの超高級車が停まっていた。紫条院家レベルのお金持ちが使う車としては相応しいが、社畜出身の俺がまさかこんなＶＩＰ御用達なものに乗る日が来ようとは……。

「そ、それじゃあ失礼して……お邪魔します……」

緊張しないで楽しもうと決めたばかりだが、映画でしか見たことのないセレブな車内インテリアの中に入っていくのはすごく場違いな気がしてビビる。

これ本当に俺が土足で乗り込んでいいのだろうか……？

「初めまして新浜様。私は運転手の夏季崎と申します」

運転席から振り返ったのは、四十代ほどのがっしりとした体格の運転手さんだった。

紫条院家ほどの富豪ならば家付の運転手さんを雇っていてもちっともおかしくないが、ただの庶民でしかない俺にとっては極めてファンタジーな存在に映る。

「ああ、こちらこそどうも初めまして。私は真黒株式会社の……じゃなくて！」

子どもである俺にも大人同様の挨拶をしてくれる運転手さんに対し、つい社畜の条件反射でありもしない名刺を探して懐をまさぐってしまった。

ああもう、何やってんだ……。

「す、すみません。ちょっと緊張して妙なことを言いました。改めまして……紫条院さんのクラスメイトの新浜心一郎と申します。本日はよろしくお願いします」

「はい、よろしくお願いします。いやあ、春華お嬢様の『お友達』は男の子だろうと奥様にこっそり耳打ちされた時は驚きましたが……実に礼儀正しい方ですね」

「いえいえ、ただご挨拶させて頂いただけですよ。……ん？　『男の子だろうと』？　『こっそり耳打ち』……？」

何か今妙に気になることが聞こえたような……。

「ははは、そこのところは忘れてください」

え、いや、ちょっと待ってください。

なんか社畜としての危機回避センサーが、そこをスルーしてはならないと反応しているんですけど……。

「それじゃ行きましょう！　夏季崎さんお願いします！」

「はい、お嬢様」

俺が生じた疑問を運転手さんに聞く前に、紫条院さんの声によって紫条院家へ向かってエンジンが静かに駆動した。

六章　好きな娘の母親に想いを告げるハメになった

紫条院さんを送った時に目にした紫条院家は、こうして明るい太陽の下で見るとその大きさと豪華さがぶっ飛んでいるのがわかる。

デカい……そりゃリアルだから漫画の金持ちの家みたいに城やビル並とはいかないが、一般的な二階建て家屋の三～四倍……いやもっとあるか？

（しかし車の中は嬉しくも悩ましかったな……紫条院さん近すぎだよ……）

俺は頰を紅潮させて回想する。

紫条院家までの道中、俺たちは様々な話で盛り上がった。

『やっぱりスクラップドプリンスほど兄妹愛を感じる作品はありません……！　私、妹がいないのが急に寂しくなりました！』とか『山平君は期末テストの結果をご両親に見せたらゲームを一日一時間にされちゃったんですか……!?　うう、本来同じような運命になるはずだった私には他人事に思えません……』とか色々話したけど……距離がとにかく近かった。

いくらロールスロイスが大きい車だと言っても、車内が外界から隔絶された密閉空間であることには変わりない。

そんな中で……白いブラウス姿の紫条院さんは後部座席の俺のすぐ隣——ともすれば少女の甘い香りがわかるほどの距離でグイグイと迫り、ずっとお喋(しゃべ)りしていたのだ。

しかも運転手さんは妙にニヤニヤしてたし……。

「さあ入りましょう！　もう準備はできてますから！」

先導する紫条院さんに案内されて、俺はアホのように広い庭園を歩く。

とても美しく整備されており、色とりどりに咲く花や、きちんと剪定(せんてい)された庭木が客の目を楽しませるが……こんなちょっとした公園みたいな庭がある家の実在こそ、俺には驚きである。

「ただいま帰りました！　開けてくださーい！」

豪奢(ごうしゃ)な造りの玄関の前で紫条院さんが言うと、音声認証なのか守衛さんがカメラチェックでもしてるのか、電子ロックがカチャカチャと開く音がする。

そうして俺は——全く未知の世界である紫条院家の敷居を跨ぐ。

（うわあ……これがセレブの豪邸の中か……。天井の高さのおかげで空間が広くて全く個人宅って感じはしないな……）

紫条院家の屋敷に足を踏み入れた俺が見たのは、季節の花が生けられた花瓶、シャンデリア、絨毯（じゅうたん）などの最低限の調度品のみが適切に配置された上品さを感じる空間だった。

さすが名家と言うべきか、高価な家具や美術品をドカドカと大量に飾る成金スタイルとは無縁で、品の良さと深い余裕を感じさせる。

「ここがリビングです！　ささ、座ってください！」

高級ホテルのスイートルームを拡張したような広いリビングに案内されて、俺は緊張した面持ちのまま手触りが怖ろしく良いソファに着席する。

おそらく目に映る全ての家具が凄い値段なんだろうなぁ……。

「まあ、いらっしゃいませ！　今日はよく来てくれたわね！」

リビングの奥から姿を見せたとびきり美しい女性に挨拶され、俺は目を瞠（みは）った。

そのセミロングヘアの女性は、紫条院さんに非常に似ていたのだ。

彼女がそのまま成長したような美しい容姿をしており、ややおっとりした雰囲気も相まってまるで紫条院さんの未来図だ。

「はい、本日はお招き頂きありがとうございます。紫条院さ……いえ、春華（はるか）さんのクラスメイトの新浜（にいはま）と申します。その……春華さんのお姉さんですか？」

「うふふ、そう言ってもらえるのは嬉しいけどその子の母の秋子です。それにしても……聞いていたとおりとても礼儀正しい子なのね」

お母さんって……いったいいくつで紫条院さんを産んだんだこの人。

二十代後半って言われても信じるぞ。

しかし……そうかお母さんか。

家族がいるのは当然のことだけど、やっぱり顔を直に合わせるのは緊張する。

（でもちょっと安心したな。紫条院さんのお母さんは名家生まれの生粋の令嬢のはずだけどすごく優しそうな人……だ……？）

ふと、秋子さんがやたらとキラキラした興味深そうな目をしているのに気付く。

何故か俺を色んな角度から眺めており、ごく小さく「はぁぁ……」「ほぉぉ……」と呟いている。

「あ、あの……？」

「あ、ああ、ジロジロとごめんなさいね！　ウチには息子がいないから男の子が家にいるのがなんだか嬉しくて！」

「そ、そうでしたか……」

嬉しいというのは嘘じゃなさそうだけど……今の様子はどっちかと言えば、もの凄く面白いことを見つけた子どものような……。

「ふふ、君とはたくさんお話ししたいことがあるけど……とりあえずそれは後回しね。それじゃあ春華、うまくやりなさいね！」

「はい！　下ごしらえはしっかりやりましたし大丈夫です！」

「うーん、そっちじゃないのだけど……我が娘ながら天然でピュアねぇ……」

秋子さんはやや困ったようにそう言うと「それじゃ一度失礼するわ。頑張ってね春華～」とだけ言葉を残してリビングから去って行った。

ちょっと変わった人だったけど……あの口ぶりからすると俺の来訪を歓迎してくれているらしい。そこは素直にありがたい。

「それじゃあ、まずはお茶をどうぞ」

俺が秋子さんと挨拶していた間に用意していたらしきティーポットで、紫条院さんは俺の目の前に置いたカップに香りの良い紅茶を入れる。

「ああ、ありがとう……なんか本当に新鮮な体験だな。俺、女の子の家に呼ばれるなんて今までなかったし、同級生にお茶を淹れてもらうのも初めてだ」

「お茶だけじゃないですよ！　今日のおもてなしは全部私が腕を振るいます！」

「おお……やっぱりそうなんだな……」

むふーっ！　と気合いを入れて胸を張る紫条院さんを見て、俺はこの状況がいよいよ現実なのだと実感して感嘆の声を漏らした。

（憧れ続けた大好きな子が……どうあっても手の届かない天上の天使だと思っていた紫条院さんが俺のために手料理を作ってくれるなんて……やばい、感動で涙が出そうだ……）

「あ、新浜君のその顔……もしかして私が料理なんて本当にできるのかと思っていましたか？　ふふっ、大丈夫ですよ。お母様やウチに来てもらってるプロの料理人の方に指導してもらいましたし」

「あ、いや、文化祭の時に調理班長としての手際を見せてもらってるし、そこは別に心配してないって！　というか、やっぱりコックさんとかいるのか!?」

「はい、正確に言うと料理代行サービスの人ですね。お母様も料理好きなんですけど、お父様の秘書みたいな仕事もしていて時間がない時も多いので、たびたびお世話になっています」

ほええ……。

そういうサービスを日常的に利用している家庭って実在するんだな……。

「私の料理なんかじゃなくて、本職のプロが作った料理をご馳走した方がいいかなとは何度も考えたんですけど……それじゃ意味がないとも思ったんです」

紅茶の横に角砂糖が入った小皿を俺の前に置きながら、紫条院さんは続けた。

「新浜君があの勉強会でしてくれたことの全てに私がどれだけ感謝しているか……それを伝えるためには私が頑張って作ったものじゃないといけないなって」

「紫条院さん……」

本当の意味でのおもてなしの想いを口にする少女は、どこまでも純真だ。

春風のように穏やかな笑顔でそう告げてくる紫条院さんは、清楚なクラシックお嬢様ファッションも相まって本物の天使に見えてきた。

「そういうことで拙い手作り料理なんですけど……もしかしてプロの味を期待させてしまっていましたか……？　もしそうなら申し訳なかったです……」

「え……っ!?　ち、違うって！　そんなこと一切考えてないし！　プロの味とか要らないからっ！　俺は断然紫条院さんが作ったものを食べたい！　絶対食べたい……！　むしろそっちじゃないと嫌だ！」

紫条院さんのしゅんとした声を聞き、俺は自分がつい反射的に本音をぶちまけてしまったことに気付いて赤面した。

それはほぼ無意識の叫びだったが、俺がどれだけ紫条院さんの手料理を尊く思っているのか、衝動のままに口に出さずにはいられなかったのだ。

「え、ええ!?　そ、その……ありがとうございます……そんなに熱烈に言ってもらえるとちょっと照れくさいですけど……」

いつもぽわぽわしている紫条院さんだが、ストレートに自分の料理を熱望されたのは流石に効いたのか、ちょっと頬が赤い。

そして……流れるのは妙に恥ずかしい沈黙。

俺たちはこれから一緒に食事をするだけのはずなのに、何故かその前段階からお互いの頬が羞恥で朱に染まっている。

「あ、いや、うん……ともかく楽しみにしてるから！」

「は、はい……！　さっそく取りかかりますから待っていてくださいね！」

お互いの照れを誤魔化すように、俺たちは声を大にして言った。

＊

私――冬泉芽依は紫条院家で働いている家政婦で、歳は二十三になる。

紫条院家は歴史ある名家であり、御当主がいる本家も、その家に婿入りして次期当主となった時宗社長が住まうこの総家も超セレブだ。

したがって、そこに勤める家政婦や運転手一人とっても確かな身元が要求され、私も両親が紫条院家に長く勤めていることが決め手となって短大卒業と同時に採用された。

この家の人間はセレブにありがちな意地の悪さがなく、大会社を経営する時宗社長も、名家の令嬢である奥様も、その一人娘である春華お嬢様も皆いい人だ。

なので、一応身分としては紫条院家が経営する家事代行サービス会社の従業員である私だけど、やや時代錯誤ながら自分はこの家に仕えている使用人だという意識が強い。

（だけどやっぱりご家族はみんなちょっと変わってるのよね……）

春華お嬢様はその男殺しとも言える美貌とスタイルを持ちながら、中身はぽやぽやの超天然だ。自分の魅力に無頓着であり、何人もの男の子を無自覚に狂わせてしまうのは本当に罪深いと思う。

そして父親である時宗社長は……社長らしい威厳があり、私たち家政婦や運転手さんたちにも偉ぶることなく接してくれるが、たまにちょっと微笑ましいというか……あまりご自身の会社の社員たちには見せられないものを爆発させていることがある。

そして奥様はと言うと――

「はぁぁぁぁぁぁぁ……！　今の聞こえた⁉　『俺は断然紫条院さんが作ったものを食べたい！』って！　きゃぁぁぁぁ……！　あの春華が照れてるわぁ！」

リビング入り口の扉の隙間から、お嬢様とそのお客である新浜君という男の子を大興奮でウォッチングしていた。

とてもじゃないけど、由緒正しき名家のセレブのすることではない。

「奥様……いくらなんでも覗（のぞ）きはあんまり良い趣味とは……」

「の、覗くつもりはなかったのよ!?　けれどその……ちょっとだけ様子を見ようと思ったら理想的な青春が発生していたからつい……」

奥様が育った紫条院家本家はこの総家とは違って、とても厳格だったらしい。

そのため自由恋愛も制限されていて……奥様が学生の頃は、仲の良い家政婦がこっそり教えた少女漫画にドハマりして過ごしたらしい。

その影響から十代の少年少女の青春を格別に尊いと思うようになった奥様にとって、恋愛の気配が一切なかったお嬢様が男の子を連れてきた……というのはテンション上がりまくりの事態なのだろう。

「別に娘の青春に水を差す気はないのよ？　でもその……春華よ？　あの良くも悪くも子どもっぽいあの子が男の子を招いて食事を作りたいなんて……相手の子が気になって気になって仕方ないじゃない！　そういう冬泉さんは興味ないの？」

「それは……もちろん興味あるに決まっています。春華お嬢様が連れてきた男の子なんですから」
私もクールを装っているけれど、今日の『ご招待』のことはとてつもなく気になってい
た。
というか、奥様からこっそり『春華が招待したのは男の子よ〜』と教えてもらった使用
人一同（時宗社長には黙っておくようにとの業務命令付き）は誰もが今日の招待を気にし
ていると思う。
お嬢様は御伽噺の世界からやってきたのかと思えるほどの可憐な容姿と綺麗な心を備
えており……そしてよくも悪くも心がフワフワしている。もう高校生だというのに好いた
惚れたの気配がない。
それがある日から急に『仲の良い友達』の話が多くなり、文化祭に着ていく浴衣の試着
を手伝った時なんか『少しは綺麗に見えるでしょうか……』と乙女そのものの顔をしてい
て絶句するほど驚いたものだ。
（今朝も『その友達は必ず約束の時間の十五分前に来ちゃうんですけど、お客様より遅く
着くなんてダメです！』と言って早く出て行ったし、着ていく服も凄く選んでいたわねお
嬢様……ああもう、本当に可愛い方なんだから）
ご家族だけじゃなくて、この家に勤める人間全員にとってお嬢様は愛すべきお姫様だ。

だからこそ、私もあの新浜君に興味がないと言えば嘘になる。

けれど、ここでうっかりお嬢様の邪魔をしてしまったら台無しだ。

「ともかく……あの新浜君という子にあれこれ聞くのはもうちょっと待ちましょう。今はお嬢様のおもてなしの時間なんですから」

「はぁい……あなたって若いのにしっかりしてるわねぇ。私があなたくらいの頃なんて当時の時宗さんのことばかり考えている恋愛脳だったのに……」

「ふふっ、お褒めにあずかり光栄です」

胸の中に木霊する『私だって奥様みたいに恋愛脳になりたいですけど相手がいないんですよ！　誰かいい男を紹介してください！』という言葉を呑み込み、私はにっこりとした家政婦スマイルを浮かべた。

＊

「お……おおおおおおおおおおおお……！」

紫条院家の食堂テーブルに広がる料理の花畑に、俺は心から感嘆の声を上げた。

卵とタマネギがたっぷり入ったポテトサラダ、しっかり甘酢が染みたアジの南蛮漬け、アンチョビやチーズなどの色とりどりの具が載ったフランスパンのカナッペ、梅ソースがかかった豚肉の大葉巻き、ロゼ色の断面を見せるローストビーフ。

実に絢爛で、ランチどころかパーティー会場に用意されたご馳走のようだ。

「すごい……すごいよ紫条院さん！　いや本当にすごい！　見た目からしてすごく美味そうだ……！」

「ありがとうございます。そんなに興奮してもらえるとは思っていなかったですけど……我ながらとてもよくできました！」

語彙力が死んだように『すごい』を連呼する俺の絶賛に、紫条院さんはエプロンを脱ぎながら照れくさそうに応えた。

しかし実際凄い。

どれもこれも一目見ただけで非常によくできているのが瞭然だ。一般家庭の主婦と比較しても相当にレベルが高い方だろう。

「さてそれじゃあ私も座らせてもらって……どうぞ召し上がってください！」

「ああ！　いただきます！　……美味いっ！」

紫条院さんの料理は、見た目を裏切らずしっかりと美味かった。

ポテトサラダはジャガイモの味が濃く、アジの南蛮漬けは甘酢の配合具合がよく全く飽きない。フランスパンのカナッペもしっとりと食べやすくすることを工夫しているようで、アンチョビもハムもチーズもアボカドも全部美味い。

「この豚肉の大葉巻きも梅ソースのおかげですごくスッキリと食べられる……本当に美味しい……」

「そう言ってもらえると嬉しいです！　その、あまり作ったことのない料理だと失敗するかと思って、普通のお惣菜的なメニューが多くなってしまいましたけど……」

紫条院さんが恥ずかしそうに笑う。

確かにこの豪華絢爛なリビングの恐ろしく高価そうなテーブルに並べるには庶民的な料理が多いが、俺としてはそんなことは全く気にならない。

むしろ、こうしてとても日常的な料理を美味しく作れる紫条院さんの女子力の高さに、男として改めて魅力を感じてしまう。

「それにしても、手間がかかる料理ばかりよくこれだけ……」

味を確かめるほどに、俺の中で多幸感が膨れ上がっていく。

俺も料理をするからわかるが、ここに並んでいるものの多くは手がかかる面倒な料理だ。

ポテトサラダ一つ作るにも、ジャガイモを茹でて皮をむき、力を込めてマッシュしてスライスしたタマネギとハードボイルドの卵と合わせて……と中々の苦労が要る。

それをこんな品数……俺をもてなすためだけに……。

「ありがとう……正直、美味すぎて嬉しすぎて……涙が出そうだ」

前世でも今世でも、母さん以外からこんなふうに心尽くしの食事を作ってもらうなんて初めてだ。他人が自分のために苦労してくれたという事実こそ……感動を増幅する何よりのスパイスとなって胸に染み渡る。

「そこまで言ってもらえると……私も凄く幸せな気分になります。新浜君に喜んでもらえるといいなって、そればかり考えて準備しましたから」

照れと嬉しさの双方からか、紫条院さんは頬を赤くしながら微笑む。

「でも新浜君。忘れないでくださいね？」

「え？」

「今、新浜君が私の料理を食べてそう感じてくれているみたいに……私があの勉強会でずっと助けてもらって、どれだけ嬉しかったのか」

紫条院さんは心の内の純粋な想いを表すように笑みを深める。

「私のために力を尽くしてくれたのがどれだけ心に響いたのか……それが伝わったらいいな、と思っています」

（ああもう、またそんな可愛いことを……）

これはあなたが私を嬉しい気持ちにしてくれたお返しだから——ここでそう言えるあたり、改めて本当に素直で素敵な女の子だ。

「ああ、忘れない……すごく伝わった」

お礼の心はしっかり受け取ったと、想いを込めてそう応える。

そして、味の良さに後押しされてさほど時間をかけずにいくつもの皿を空にしていった俺は、最後に残っていたローストビーフも完食する。素晴らしい火加減のおかげで断面が美しいロゼ色になっており、ブラウンソースも秀逸だった。

（ふう、全部平らげたけど凄く美味しかったな……）

ふふ、そう言えば……香奈子が『でも食事会って大丈夫なの兄貴？　漫画だとお嬢様ってメシマズだったりするじゃん』とか言ってたけど杞憂だったな。

蓋を開けてみればメシマズどころか最高のメシウマだ。

まあ、リアルではそんなベタなオチなんてそうそう——

（ん……？）

料理に感動していて今まで気付いていなかったが、紫条院さん側の皿に載っている料理の分量が妙に少ない。ポテトサラダ一つにしても、俺には一皿分あったのに紫条院さんのは小鉢に少量だけ盛られている。

あれ？　そんなに小食じゃなかったような……？

と、その時、食堂に隣接しているキッチンから電子音が響き、何かのタイマーが終了したことを知らせてきた。

「あ、ちょうどオーブンで焼いたものが出来上がったみたいなので、次を持ってきますね」

「へ……『次』？」

困惑する俺を残し、紫条院さんはキッチンの中へ消えていく。

「失礼します」

「おわっ⁉」

近くからいきなり知らない声が聞こえて、俺は思わず小さな悲鳴を上げてしまった。

慌てて声の方向に目を向けると、そこには二十代前半ほどの、エプロンを着けたクールな女性が立っていた。

額が見えるショートストレートがよく似合っており、佇まいは清楚かつ凛々しい。

「私は家政婦の冬泉と申します。新浜様、空いたお皿を下げさせて頂きますね」

「あ、はい……ありがとうございます……」

生返事をする俺をよそに、冬泉さんという家政婦の人は多くの皿を腕に載せて、一気に抱え込む。飲食店でもたまに熟練のウェイターがやってるアレだ。

「それと……新浜様もよくご存じでしょうが、春華お嬢様は天然かつ生真面目な方ですので……一度力を入れ始めると徹底的にやってしまうのです」

「はい……？」

「いつギブアップしてもいいので、可能な限り頑張ってください」

意味深な言葉を残して、冬泉さんは食器を抱えて去って行く。

な、なんだ？　どういう意味だ？

「お待たせしました！　次のメニューです！」

「え!?」

冬泉さんと入れ替わりで戻ってきた紫条院さんは、配膳(はいぜん)用ワゴンを押していた。

そしてその上には——さっきと同量かそれ以上の料理が載っている。

え、いや……今なかなかガッツリとしたメニューを頂いたばかりのような……。

俺の困惑をよそに、紫条院さんはテーブルの上に再度料理の花畑を広げていく。

ポテトとチキンが入った熱々のチーズグラタン、ナス・タマネギ・人参などたくさんの野菜がしっかり煮込まれているラタトゥイユ、スパイスが蠱惑(こわく)的な香りを放つタンドリーチキン、色合いも美しいイカとエビのマリネ、よく味が染みてそうな煮込みハンバーグ。

まさかの絢爛ランチ第二陣の登場だった。

「え、ええと……てっきりさっきのメニューで全部かと……」

「ええ、私も最初はあれくらいのメニューで十分かと思っていましたけど……ネットで『男子高校生は女子とは比べものにならないくらい食べる』『一食につきどんぶりメシ五、六杯はペロリ』と書いてあるのを見たんです！　なので絶対に満足してもらえるように、とにかくたくさん作りました！」

いや、それは……！

間違いじゃないけどガチで運動部やってる奴とかの話だから……！

「もちろん多かったら残して構いませんので、好きなだけ食べてくださいね！」

紫条院さんは天使すぎる笑顔であっさりと言うが、俺にとってそれは難しい話だった。

なにせ紫条院さんの手料理だ。

何よりも貴重でありがたい、俺にとって奇跡とも言える恵みだ。

それを残すなんて、俺の中の馬鹿な男子の部分がどうしても許してくれない。

（腹はすでにそこそこいっぱいで明らかに胃の許容量オーバー……けど俺は今人生最大の食欲を誇る十六歳の肉体なんだ！　めっちゃ美味しそうだしこれくらいなら食い切ってみせる！）

「改めてこんなに用意してくれてありがとう……！　さっそく頂くよ！」

腹がはちきれても一品たりとも残してなるものかと、俺は気合いを入れて居並ぶ料理へ突撃した。

＊

結論を言えば、俺は完食した。

多かったかと問われればめっちゃ多かった。

この昼食会にかける紫条院さんの気合いが、そのまま量に反映されていたのだ。

だがそれでも俺はフォークやスプーンを動かし続けて、意中の人の手によって作られた料理をどんどん自分の胃に収めていった。

その結果――今、俺の目の前には綺麗（きれい）に片付いた皿のみが並んでいる。

（げ、げふっ……き、きっつい……腹が無理矢理詰め込んだトランクみたいにパンパンで破裂寸前だ……）

思えばたった一言「ごめん、これ以上はちょっともう腹に入らないかな」とだけ言えば誰も嫌な思いをせずに済んだ話なのに、何故俺は全部平らげることに執着したのか。

その答えは、俺のために料理を作ってくれた少女に、そんなことは言えなかったからとしか言いようがない。

どうやら今の俺のハートは、自分が思っている以上にピュアな男子高校生仕様のようだ。

「うぷ……うん、美味かった……本当に最高だったよ紫条院さん」

「ふふ、お粗末様でした。とてもいっぱい用意したつもりでしたけど、全部食べてくれるなんて嬉しいです！」

「はは、これくらい軽いって……」

実際は脂汗をかいており動くのも辛いが、俺はそこを誤魔化して強がった笑顔を浮かべて見せる。ちなみに本当は、あと豆粒の一つでも腹に入れたらアウトなほどに限界である。

「やっぱり男の子の食欲はすごいですね……お父様が『若い頃は唐揚げとかいくらでも食べられたものだ』と言っていたのを思い出します。何だか最近は油ものが苦手になって悲しそうにしていましたけど……」

ああ、その悲しみは凄くよくわかる。

今俺が『腹がパンパン』程度で済んでいるのは高校生の身体あってこそで、三十歳のボロボロの身体で同じことをしたら病院行きすらありえる。

（焼き肉でカルビ一皿食うだけで脂の許容量が限界になった時は、歳を感じて悲しかったなあ……だんだん味が薄い和食とかの方が好きになっていくし……）

しみじみとお父さんに共感し、ふと微かな心配が頭に浮かぶ。

「お父さんと言えば……家に俺を呼ぶってご両親に話した時に反対とかなかったのか？　お母さんはさっき話した時、そんなふうじゃなかったけど……」

「え？　いいえ、全然反対なんかなかったですよ？　私が今回のテストで凄くお世話になった友達を招待したいと言ったら、二人ともすぐ頷いてくれました」

「そ、そっか。それならよかった」

娘が家に男子を連れてくるなんて、父親はあんまりいい顔をしなかったかも……と思ったがどうやら杞憂だったらしい。

大会社の社長というともの凄く厳格で強面の人を想像してしまうけど……なかなか寛容で器の広いお父さんなんだな。

「さて、それじゃあごはんも片付いたので、デザートを持ってきますね！」

（えっっ⁉）

あ、ああああああ！　そ、そうだった……！

紫条院さんは『お昼ごはんとお菓子を作っておもてなしします！』と言っていたじゃないか！　そりゃデザートあるよ！

（い、いかん……この身体の消化力なら一時間も経てばデザートくらい入るだろうけど、今はもう流石に無理だ……！）

くそ、仕方がない。ここは正直に腹具合を白状して――

「ふふ、そう急がなくていいじゃない春華？」

「お、お母様？」

気がつくと、紫条院さんの母親である秋子さんが側に立っていた。

しかし、二人が並ぶと親子というよりやっぱり姉妹だな……。

「普通にドアを開けて入ってきたのにそんなに驚かなくても……ふふ、二人ともお喋りに夢中になっていたみたいね」

俺たちをからかうように秋子さんがクスクスと笑う。

「新浜君はおなかいっぱい食べたことだし、デザートの前にちょっとだけ食休みを挟みましょうか。新浜君もその方が美味しく食べられそうでしょ？」

「え？　え、ええ……そうですね。ちょっと休んだ方が食欲が増しそうです」

突然俺の腹具合を見透かしたようなことを言われて驚いたが、俺は渡りに船とばかりにそう回答する。

「でしょう？　じゃあ、そういう訳でちょっと小休止として……春華はキッチンで洗い物でもしてなさい。その間少し新浜君を私に貸して頂戴な♪」

「ええっ⁉　ど、どうしてお母様が？」

「あなたが友達を家に呼ぶなんてそうないことだから、少しだけお話ししてみたいのよ。ちょっと聞いてみたいこともあることだしね～」

「へ？　聞いてみたいこと……ですか？」

紫条院さんが首を傾げるが俺も気になる。

一体何を聞かれるんだ俺は……？

「うふふ、そりゃもう、とっても大事なことよ。いいからお母さんの頼みを聞いてキッチンに行きなさいな」

「は、はい……それじゃすみません新浜君。ちょっとだけ席を外します」

納得いってなさそうな紫条院さんだが、母親の言葉は無視できないようで食器を持ってキッチンへ消えていった。

そして、秋子さんはすっと椅子を引いて俺の正面へと着席する。

「さて、改めて春華の母の秋子です！　いや～もう、本当に君とお話ししてみたかったわ！　一体どんな子なのか興味津々だったもの！」

「は、はぁ……」

紫条院さんのお母さんのテンションはやたらと高い。

なんだか凄く面白がってる……のか？

「それで新浜君。あの子の料理はどうだったかしら〜？」

「それは……とても美味しかったです。正直予想以上にハイレベルでびっくりしました」

「そう、良かったわ！　あの子ったら今回はいっぱい練習して凄く頑張って作っていたから、君にそう言ってもらえてとっても嬉しいはずよ！」

秋子さんが満足そうに微笑む。

紫条院さんの母親らしく温和な言葉遣いだが、自分の娘に対する愛情は強く伝わってくる。セレブにありがちな嫌味さは微塵も感じないし、とても好感が持てる。

「けれど料理の量が多くてびっくりしたでしょう？　いや、私も他の家政婦さんたちもいくらなんでも多すぎだって言ったのだけど……『大は小を兼ねます！　多ければ残してもらえばいいだけですけど、足りなかったら失望させてしまいます！』と言って聞かなくて……あんな満漢全席になってしまったの」

な、なるほど……紫条院さんの生真面目さが全開になった訳か……。

「言っていることは一理あるのだけど、多いからって残すとは言えない男心をあの子はまだちょっとわかっていなかったみたいねぇ」

「うっ……」

流石に人生経験が豊富なようで、俺が無理して料理を平らげたことは完全に見透かされているらしい。

「それでも結局全部食べてくれたのねぇ。ちょっと意地悪かもしれないけど……君の口からどうして無理をしたのか教えてくれないかしら？」

「それは……その……」

目を輝かせながら聞いてくる秋子さんに、俺は口ごもる。

しかし結局、理由なんて一つしかない。

「春華さんが作った料理だから……多少無理してでも全部食べたかったんです」

「ふわあああああ……！　そう、そうなのね！　いいわいいわ！　そういうピュアな男の子の無理って大好きよ！」

赤面しながら告げる俺とは対照的に、秋子さんはめっちゃ興奮していた。

どうやら俺の答えは満足できるものであったらしいが……それにしても反応が凄い。

「ふう、さて……ちょっと真面目なことを言うと、君には勉強や他の色々なことで春華をいっぱい助けてもらったみたいで母親としてとてもありがたく思っているわ」

ハイテンションを落ち着かせて、真剣な面持ちで秋子さんが言う。

「それは別に大したことじゃ……」

「大したことよぉ。あの子は昔からちょっとあれこれあるせいか、交友関係は広く浅くで、多少お喋りできる女子の友達はそこそこいても、そこまで親身になってくれる子なんて今まで聞いたことなかったもの。だから、色んな面で世話を焼いてくれる君の存在はとてもありがたいわぁ」

「春華さんのあれこれ……美人すぎることと天然さが相まって、一部の女子からの嫉妬がもの凄いことですか？」

「そう、そうなのよぉ……！　あの可愛いお顔にフワフワした性格が、ブリっ子とか男子に対してあざといとか言われて同性から妬まれるの！　酷い話だわ！」

そこについては俺も全く同意見だ。

紫条院さんに嫉妬して絡んでくる奴らは、総じて心根が貧しすぎる。

「しかも自分が美人だという認識が薄いですからね……周囲から妬まれても自分の性格や振る舞いに問題があると思いがちで、真面目なせいで思い悩んでしまうタイプです」

「ええ、その通りよ！　あの子は自分にしか原因を求めないからそこも問題で……それにしても君は高校生とは思えない落ち着きぶりねぇ。とっくの昔に成人してるみたい」

すみません、本来は成人どころか三十年分の人生経験があります。

まあ、思考形態こそ社畜の時の影響が濃いですが、若い肉体に引きずられて精神的な感覚はピュアな十六歳にかなり近づいてはいます。

「ふふっ、けど……そこまでわかっているなんて、やっぱり君は春華のことをずっと見てくれているのね」

「ええと、まあ……最近話す機会が多くなっているのは確かです」

ふと思い返せば、本当に紫条院さんとは距離が近くなったな……。

前世とは違って彼女に関する様々なことを知り、こうして家に招待してもらって母親とも話している。今更ながら信じられない。

「それでそのぉ……どうしてもハッキリと確かめておきたいことがあるの。私から単刀直入に聞くのはちょっと恥ずかしいのだけど……」

秋子さんは何やらもじもじしながら言い淀む。

これこそさっき言っていた『聞いてみたいこと』なんだろうが……。

な、なんだ？　何を聞く気だ？

「君は……ええと、あの子のことが女の子として大好きなのよね？」

「ぶふぉっ⁉」

ちょ、おい！　何を聞いてくるんだこの人⁉

しかも聞いておいて自分が赤面しないでくれ！

そういうピュアなところは娘と同じかよ！

「その……どうなの？　もし君がごく純粋に友情しか抱いていないのなら、残念だけどそう言って欲しいなぁって」

「いえ、その――」

ここが嘘を言っていい場面ではないことは、もちろん理解できていた。

しかし……紫条院さんより先にその母親へ想いを告白するとか、一体何のプレイだよ!?

「それは……好きです。自分でもびっくりするくらい気持ちは大きくなってます」

「わあ……！　わあああああああああ……！　や、やっぱりそうなのねっ！」

俺が恥をこらえて正直に言うと、秋子さんはめっちゃ顔を輝かせてきた。

うわぁ、なんか目もキラッキラだ。

「いやぁ、いいわねえそのストレートな若さ……！　そうなのねぇ……そんなに春華のことを……わぁぁ……」

恍惚の表情を見せる秋子さんだが、そうやって喜ばれるほどに俺の羞恥心は深まっていき、頬が紅潮していくのがわかる。

「は……！　今気付いたのだけど、よく考えてみたら母親の私から娘が好きかどうかを聞き出して大興奮するなんて、とても倒錯した趣味みたいで凄く恥ずかしいわ……！」

「もっと早く気付いてくださいよ!?　恥ずかしいのは俺の方ですよ！」

紫条院さんの母親だけあってやっぱりこの人も天然かよぉ！

「でしょうねぇ。気の毒なくらい真っ赤になってるし……でもあの子の母親として新浜君の気持ちを聞いておくのは必要なことだったの！　じゃないと、いざ荒波が起こった時にどういう形でフォローすればいいかわからないもの！」

「は……？　荒波？」

両拳（りょうこぶし）をぐっと握って熱弁する秋子さんの不穏な言葉に、俺は目を瞬かせた。

ど、どういう意味だ？　なんかこう、近い将来俺の恋路にとてつもない試練が発生するのが確定しているみたいに聞こえるんですけど……？

「君みたいにしっかりした子が春華を想っていてくれるのは大歓迎よ！　あの子を泣かせない限り、私としては君のことを応援してあげるわ！」

「え……！」

期せずして想い人の母親から応援が得られ、俺は思わず目を見開いた。

もしかしたらお金持ちの家では俺のような庶民は歓迎されないかも……と微かには思っていたこともあり、この味方宣言はとてもありがたい。

「あ、ありがとうございます。けど、その……あんまりお母さんの口からあの子を想ってるとか言うのはやめてください……恥ずかしくて死にそうです」

「うふふ、ごめんなさい。あ、何ならお詫びにあの子の部屋で二人っきりにしてあげようかしら？」

「え!?　い、いや、それは……！」

「ふふ、ちょっとぐらついた～」

　赤面して狼狽する俺に、秋子さんは大人になった紫条院さんそのものの顔で無邪気に笑った。

＊

「お母様、洗い物終わりましたけど……二人でどんなお話をしていたんですか？」

　秋子さんに翻弄されて少々ぐったりした俺を妙に思ったのか、キッチンから戻ってきた紫条院さんはエプロンを脱ぎながら不思議そうな顔で言った。

「それはもちろんあなたの料理の話よ。新浜君がとっても美味しかったって」

「そ、そうですか！　ふふ、褒められるのは何度目でも嬉しいですね！」

　秋子さんの言葉をあっさり信じた紫条院さんが、ぱあっと笑顔を浮かべる。

いつものことだがめっちゃ素直である。可愛い。

「それじゃああなたたちが揃ったところで次の質問に移りたいのだけど……二人はどうやって仲良くなったの？　同じクラスらしいけど、何かきっかけとかあったり？」

「うぇっ!?」

ちょっ、いきなり何の質問だ!?

さっきよりもさらに顔が面白がってるし！

「あ、それは図書委員です！　二人で仕事している時に私がライトノベルのことを聞いたのがきっかけで……あ、でも、こんなに話すようになったのはそれからしばらく経ってからですね」

「なるほど図書委員ね！　あら？　そう言えば春華……図書委員の仕事が長引いて遅くなったってあなたが言っていた日のことだけど、あの時家の前まで送ってくれたのも新浜君だったの？」

「はい、そうです！　その時はちょっとしたことがあって……」

「ふんふん、どんなどんな？」

「ええと、新浜君と一緒に図書委員の仕事をした後に――」

秋子さんに誘導されるままに、紫条院さんはあの日あったことを嬉しそうに語り出す。

普通であれば学校で異性と過ごしたことなんて親には言い辛いものだと思うが、紫条院さんの語りはやや興奮気味ですらある。

「それで、花山さんという女子が私に詰め寄ってきて——新浜君が『今、紫条院さんに摑みかかろうとしただろ？　やめろよそういうのは』ってかばってくれたんです！」

ちょ、ストップ！　紫条院さんストップ！

そんなところまでお母さんに語られるのは流石にキツイから……！

「ふんふんふんふん！　それで⁉　そこからどうなったの⁉」

ちくしょう、秋子さんの方も目をキラキラさせて食いついてやがる！

「花山さんたちがいなくなって、それから気分が悪くなってしまった私を新浜君が送ってくれることになって……」

「うわぁぁぁぁ……！　いいじゃない！　いいじゃないのそれ！　私が知らないところでそんな少女漫画みたいなことになっていたのね！」

いや、その……すいません。

その話だけだとそれこそ少女漫画のヒーローみたいに俺がイケメン台詞で花山を撃退したように聞こえますが、実際は援交詐欺をバラすぞと生々しい脅しをかけました……。

「それでですね！　帰り道で新浜君はずっと私を元気づけてくれて、自分に原因があるなんて考えるなって真剣に言ってくれたんです。それで私はすっかり心が軽くなって――」

だから、紫条院さんはさっきから俺のこと褒めすぎだって！　親御さんの前で褒められすぎてそろそろ俺の顔が燃え尽きてしまうから！

というか、あの時のあんな話をそんなに好意的に受け取ってくれてたのかよ！　めっちゃ嬉しい！　でもお母さんへの暴露が恥ずかしすぎて死ぬ！

「ふぅぅぅ……予想以上のキュンキュン話でママのお腹はもういっぱいよぉ……本当に若いっていいわねぇ……」

まるでフルコース料理でも完食したかのように、秋子さんはめっちゃ満足そうな感極まった様子で言う。俺としては紫条院さんの前で言った恥ずかしい台詞をバラされて悶絶ものだが、どうやら秋子さん的にはドストライクな話ばかりだったらしい。

「それにしても新浜君はいい子ねぇ。是非息子になってもらいたいわぁ」

「ふぁ⁉」

な、何を言い出すんですか⁉　というかその意味ありげなドヤ顔は何なんです⁉

『さりげなくアシストしてあげる私ってデキる母でしょ？』ってことですか⁉

「え、新浜君が紫条院の家に？　そうするとその場合は……お兄様と呼んだらいいのでしょうか？」

「ごふ……！」

　ふ、不意打ちすぎる……！

　考えはトンチンカンな方向に行ってるが、突然の『お兄様』呼びは心臓に悪い……！

「もう、そこでそういう方向に行くのが春華らしい天然ボケねぇ」

「？」

　苦笑する秋子さんを見て、紫条院さんは首を傾げる。

　どうやらこの少女が天然なのは、親御さんからも認定されていることらしい。

「あ、それと新浜君……私の夫も紫条院家に婿入りした身だし、ウチは血筋とかそういうことにはこだわらないわよ？」

　話題としてはブレてませんけど、今言うことですか⁉

　将来的にすごくありがたい情報ですけど！

　そうして俺たちがそんなふうに秋子さんにあれこれと聞かれている最中に――

「おう、今帰ったぞ！」

　玄関のドアが突然大きく開く音がして、大人の男性の声がリビングまで響いた。

七章 社長VS社畜

「あらぁ……ずいぶんと早かったのね。荒波のご帰宅だわぁ……」

玄関から響く男性の声に、俺のすぐ近くに座る秋子(あきこ)さんが困ったような顔で呟(つぶや)いた。

え……そのリアクションはどういう意味なんですか？　荒波って一体……。

「お、この見慣れない靴は……ややボーイッシュなスニーカーだが春華(はるか)の友達のものか！　ははは、どうやら間に合ったようで良かった！　是非私の口からも礼を言っておきたかったしな！」

玄関で俺の靴を見つけたようで、男性の機嫌良さそうな声が聞こえてくる。

そして、廊下を歩くズカズカとした足音が近づいてきて——すぐに五十代ほどの男性がリビングのドアを開けて入ってきた。

スーツ姿のその人はとてもがっしりした体型で口元の髭(ひげ)が似合っており、全体的に迫力のある雰囲気を醸し出している。

「あ、お父様お帰りなさい！」

「おお、春華、秋子、ただいま！　思ったより仕事が早く終わってな！」

（やっぱりこの人が紫条院さんのお父さん……全国展開している『千秋楽書店』を一代で築いたことで有名な紫条院時宗さんか……）

新聞や雑誌に何度も登場しているので、前世から名前は知っている。

卓越した経営手腕で裸一貫から成り上がり、名家の娘——つまり秋子さん——を娶ったという劇的なサクセスストーリーを紡いだことで有名だが、その後も有能さを発揮して紫条院家の財政を立て直した面も財界から非常に評価されている。

（好きな子の家で父親と対面するなんて緊張するけど……まあ、挨拶するくらいで大したことにはならないよな）

そもそも今日の俺の来訪はご両親ともに了承済みだと紫条院さんは言っていた。なら、俺の存在はすでに許されているはずだしトラブルはないだろう。社長という肩書きの割には家族と仲が良くて温和そうな人だし。

「さて、それじゃ春華の成績を爆上げしてくれた友達の子に早速お礼を言わないと……な……？」

時宗さんはそこで俺を凝視して何故か固まった。

……え？　なんだ？　どうした？

だ？

「だ……」

「誰だお前はああああああああ!?」

えええええええええええええええええ!?

いや、え!?　俺が来ることは了承済みだったんじゃないんですか!?

さっき自分でも友達の子に挨拶をしなきゃとか言ってたでしょう!?

「え？　え？　何を言っているんですかお父様？　今日は私の勉強をみてくれた友達を家に招待するって言っておいたじゃないですか！」

「お前こそ何を言っている!?　友達って……どう見ても男じゃないか！」

「ええ、男子のお友達なんですけど……それがどうかしたんですか？」

「な、なんだとおおおおおおおおお!?」

こ、この状況はまさか……。

「うふふ、ごめんなさいね新浜（にいはま）君。ちょーっと家族でお話することがあるので少し一人にするわ」

「え、あ、はい」

秋子さんが席を立ち、「ほらほらあっちでミニ家族会議ね～」と言いながら衝撃を受けている時宗さんと何が悪いのかわからないという様子の紫条院さんをぐいぐいと押して別室へ連れ去っていく。

そうして俺はリビングにぽつんと一人取り残されたのだが――

「……！　……!?」

「……？　…………！」

（うわぁ……何か揉めてるっぽい……）

紫条院さんたちが入った別室からは声こそ聞こえないが、何やら熱が入った会議をしている気配は伝わってくる。

あのお父さんの様子から察するに、娘の友達が異性だったことが衝撃だったようだ。

そして……今は間違いなくそのことで家族が揉めているのだから落ち着ける訳がない。

（娘が家に男子を連れてくると言っても快諾するなんて懐の深い父親だなと思ってたけど……女子が来ると思ってたってことかよぉぉぉ！）

高級な椅子に腰掛けたまま、俺は頭を抱える。

き、気まずい……！　針のムシロすぎるだろこの時間……！

「新浜様、お茶のおかわりをお持ちしました」

「え？　あ、ありがとうございます……」

いつの間にかすぐ側に立っていた若い家政婦さん――確か名前は冬泉さん――が湯気の立つ紅茶で満たされたカップを俺の前に置いてくれた。

「奥様に代わって謝罪しておきます。……申し訳ありません新浜様」

「え？　な、何のことですか？」

家政婦さんであるはずの冬泉さんは、まるで貴族の家に仕える執事のように礼儀正しく頭を垂れた。義務的なものではなく、心から申し訳ないと思っているようだ。

「旦那様の本日の帰宅はもっと遅くなる予定だったのです。それまでに新浜様のおもてなし会はお開きの時間を迎える予定だったのですが……」

「ええと……男の俺が来るってお父さんだけが知らなかったんですか？」

「はい。とても言いにくいのですが……旦那様は春華お嬢様の周囲に男性がいることに対して過敏な反応を示してしまうのがわかりきっていたので……」

つまり俺に対して全く好意的じゃないってことかい！

ううむ、もうちょっと紫条院さんと一緒に過ごしていたかったが、こうなれば仕方ない。まあ男親の複雑な心も理解できるし、今日のところはご両親に挨拶して引き上げるのが吉か……？

俺がそんなふうにしばし考えを巡らせていると――

ふと静かになったかと思ったら、紫条院家の面々が入っていた部屋の扉がガチャリと開き、三人が廊下へと出てくる気配がした。どうやら一問着（ひともんちゃく）はあったようだが、お父さんへの説明は終わったようだ。

「……春華よ。話はわかった。お前がそこまで言うのなら、私としてもあの少年とじっくり話してみたくなってきたぞ」

……はい？

あの……何かもの凄（すご）く不穏な言葉が聞こえてくるんですが……。

「ちょっと彼を借りるぞ！　この紫条院時宗がお前が家に呼ぶほどに近しい位置にいるべき男かどうか確かめる！」

ちょっ、えええええええええ⁉

＊

どうしてこうなった？

俺の胸中を占めているのは、ただその一言だけだった。

何せ俺は今、紫条院家の書斎で紫条院さんの父親である時宗さんとテーブルを挟んで向かい合っているのだ。

（くそぉ……急速に胃が痛くなってきやがった……！　俺を悪い虫と見ている父親とサシで対面とかどんな拷問だよおおおおおお……！）

「新浜君だったか。ゆっくりしているところをこんなオッサンが呼び出してすまないな」

「い、いえ……」

その穏やかな表情と口調が逆に怖い。

「まずは自己紹介だな。私は紫条院時宗——春華の父親だ。知っているかもしれないが、千秋楽書店という会社の社長をやっている」

「……春華さんのクラスメイトの新浜心一郎(しんいちろう)です。時宗さんのことは今日お会いする前から存じ……知っていました。一代で書店チェーンを作った有名な方ですし」

「ほう、そうか。君みたいな若者にも知ってもらえているとは光栄だな。それで私からの話なのだが——」

俺はゴクリと唾(つば)を飲み込む。

怖え……もう一秒もここにいたくない……。

「まずは父親として感謝を伝えたい」

「え……？」

「今回の春華の成績の上昇は劇的で、その要因は君に勉強を教えてもらったことにあるのは明らかだ。これだけの成果を収めるのは家庭教師でも簡単にはいかないことで、君の手腕と尽力には親として深く礼を述べたい」

「い、いえ……そんな大したことは……」

意外なことに、時宗さんは本気で俺に感謝を告げてきた。

どうやら紫条院さんの勉強の先生をやったことについては、本当にありがたく思っているらしい。

「しかも自分の勉強も怠らずにテストは一位だったとか……相当の努力家だな。遊びたい盛りだろうによく頑張れる」

「いえ、母子家庭ですし……俺はビビりなので、今できることをやっておかないと将来が不安なんです」

「いい向上心だ。そういった正しい怖れは大切だからな」

時宗さんは驚くほどに俺を褒めてくれる。

てっきりズケズケと色々言ってくるものかと思っていたら……これは取り越し苦労か？

「それで――だ」

「────!?」

空気が一変する。

理知的で穏やかな紳士が、他者を圧倒するオーラを纏う。

（この感じ……っ！　久しぶりに味わった……！）

社畜時代にも何度か目にする機会があった強者の威圧感。

大企業の社長や大物政治家などが放つプレッシャーだ。

政治やビジネスで闘争に明け暮れている彼らは戦国武将もかくやという迫力を持ち、ただ相対するだけで凡人たちの心臓を鷲摑みにする。

「君は春華のただの友達なんだよな？」

「それ、は……」

「私の娘に下心なんて抱いていないよな？　ただ純粋な善意によって春華を助けてくれただけで、恋愛感情なんてない……そうなんだな？」

時宗さんが俺の目を覗き込む。

魑魅魍魎が跋扈する世界で功成り名を遂げた英傑が、その傲慢なまでに強大な自負をそのまま叩きつけてくる。

（言ってることはただの過保護な父親の親バカ台詞なのに……ちょっとした声音と視線だ

けでこれかよ……！　くそ、汗が止まらない！）

交渉や面接において、視線は極めて重要な要素だ。

なにせ瞳には全てが表れる。

その人物が味わった辛酸、果てしない後悔、修羅場を潜って得た胆力、何ものにも拠らない比類なき覇気。

目を合わせるという行為は、そういった人間としての強さの蓄積を比べ合うことにも等しく——当然弱い方は消し飛ばされる。

（これに耐えられないと娘に近づく資格なしってか……⁉　この人、娘に対してめっちゃ愛が深いのはわかったけど、大会社の社長のくせに大人げなさすぎだろぉ！）

今すぐ目を逸らしたい衝動に駆られるが、そうすればその瞬間に全ては終わる。

目を逸らして精神的な敗北を認めてしまえば、もはやその後は戦いにならず……俺はただ相手の言葉に怯えるだけの存在になり果てる。

「どうなんだね？　答えたまえ新浜君」

楽になりたいなら嘘をつけばいい。

俺は娘さんに下心なんかありませんと言えば、時宗さんはすぐに威圧感を消して笑顔すら浮かべるだろう。

（んなことできるか……っ！　ここで誤魔化すなんて死んでもごめんだ！）

いかに過保護な親馬鹿マインドだろうと、娘の親として時宗さんは真剣だ。

お前の意思を示せと俺に答えを迫っている。

（嘘やその場しのぎはなしだ！　一〇〇％俺の本音を返さなきゃ……！）

俺の身体は依然硬直していた。

ビジネスの世界に生きる傑物の威圧に、全身が震えている。

全身から汗が噴き出し、胃が捻（ねじ）れるような痛みを訴えている。

けれど――

ただ、それだけだ。

ただ辛くて苦しいだけなら俺は耐えられる。

俺は左右それぞれの親指を、残る四本の指で潰（つぶ）さんばかりに強く握った。

それが社畜時代からの俺の儀式。

期限が差し迫った大量の仕事や、譲歩しようのない交渉の場、あまりにも無理な注文をつけるクライアント――

どうあっても退けない案件と相対した時、自分を切り替えるスイッチだった。

＊

私――紫条院時宗は今、自宅の書斎で新浜心一郎という少年と相対し『君は娘をどう思っているのか』という問いを突きつけていた。

（さあ、どうする新浜君）

彼は春華が連れてきた『友達』ということだが、その正体は飢えた狼であり娘を狙って舌なめずりしていることは明らかだった。

（不埒者め……）

娘に勉強を教えてくれたことには深く感謝するし、その成果は大いに評価する。

だがそれとこれとは話が別だ。

（春華はあの通り男を惹き付ける天使であり、同時に世間知らずで純粋すぎる。近づいてくる男は私が徹底的に選別しなければな……！）

それに――やや父親としての感情が迸ってしまっているのは認めるが、それ抜きでもこれは必要なことだ。

春華は紫条院家直系の娘であり、現当主の孫にして次期当主である私の娘だ。普通の高校生が抱く淡い恋心程度では、超えるべき身分の高さにいずれ想い破れるだろう。

だから、これは私からの洗礼だ。

君が想いを寄せる少女はお気楽な気持ちで恋愛できる存在ではないと、現実を教えているのである。

（さあ、苦しいだろう新浜君？　さっさと白旗をあげたまえ）

社長としての威圧感を解放した私を前にして、新浜少年は全身から汗を噴き出し、重圧に五体を支配されていた。

当然だ。この私が培ってきた社長としての胆力を叩きつけているのだ。

それなりに手加減しているが、交渉慣れした屈強なビジネスマンとて冷や汗でパンツまでぐっしょりになるほどの威圧だ。その辺の高校生に耐えられるものではない。

「さて、ずっと黙っているが……そろそろ答えを聞かせてくれるかね？」

別にここで私の圧力に負けて彼が春華への恋愛感情を否定したとしても、今後の友達付き合いまで咎（とが）めるつもりはない。

だが、今日のところは自分の覚悟の足りなさを自覚し、自分の想いを偽ったという自責の念を持ち帰って苦悶（くもん）するがいい。

それで想いを諦（あきら）めるのならそれまでで、そこからさらに恋心を燃やして不屈の気概を養っていけるのであれば、また私と会う機会もあるかもしれん。

（まあ、ただの高校生にそんなマグマのような灼熱の想いと、鋼の如き剛毅なハートがある訳もないが……ん？）

なんだ？　新浜少年が自分の指を強く握って……？

（む……？　彼なりのルーティンか？）

ルーティンとは精神集中や意識の切り替えを行う時に行う一定の動作だ。

ごく簡単なメンタルコントロールだが、一流のスポーツ選手や著名な企業家でもこれを定めている者は多い。

（なんだ？　新浜君の雰囲気が……）

答えに窮していたはずの新浜君が、私の視線をブレずに受け止めている。

その表情から萎縮が払拭され、決然とした意志が宿っていく。

「時宗さんの質問に答えます」

淀みなく新浜君が口を開く。

言葉には確かな力があった。

「俺は娘さんが——春華さんが好きです。この想いは誰にも負けないと自負しています」

（なぁあっ……!?）

言った。

大企業の社長であり、紫条院家の次期当主であるこの紫条院時宗を前にして、お前の娘が欲しいと真正面から告げてきた。

この圧迫感に満ちた空気の中で……！

（そ、そんな馬鹿な……っ⁉　ただの高校生が私の威圧に屈さずに——真っ向から言葉を叩きつけてきただと⁉）

まれにひどく脳天気で生来緊張とは無縁という人間は確かにいる。

そういった者であれば誰がどれだけ威圧しようが効果は薄い。

（だがそういうケースとは違う……この少年に威圧はしっかり効いている。臓腑を締め付けられるような重圧を感じているのに、それに真正面から耐えている⁉）

そこで、私はふと気付く。

彼の瞳の奥にあるものに。

目は口ほどにものを言うという言葉があるが……私は企業家として数多くの人間と腹の探り合いをしてきた経験上、人の目にはその時の感情のみならず人間の精神的な背景が映ると思っている。

そして彼の目からは、深い苦悩と悲痛が見えた気がした。

刻まれた夥しい数の傷と、その痛みによって悲しいほどに強靭になった心が。

（なんだこれは……どうして二十年も生きていない高校生からそんなものを感じる？）

見た目はただのどこにでもいる少年だ。

だが現実に、そんな彼が私から一歩も引かずに組み合うようにして相対している。

（一体何なんだこの少年は……!?）

＊

時宗さんが目を見開いて驚愕（きょうがく）の感情を見せる。

まあ、驚くのも無理はない。

こんな重苦しい威圧感の中で、堂々と娘さんが好きですと言える高校生なんて普通はいない。

（よし……ちゃんと声は出せるな……！）

大企業の社長とサシで向かい合いそれでもなお重圧に負けていないのは、もちろん社畜としての忌まわしい経験があるからだ。

俺が勤めていた会社の上司連中は、たびたび俺を捕まえて『説教』だの『指導』を行った。それは俺が仕事でヘマをしたかどうかに関係なく、ただ彼らの気分次第で始まるのだ。

『無能すぎだろお前、トロいし頭悪いしなんで生きてんの？』

『辛いフリなんかするなよクズ。大した仕事もしてねえクセに』

『高卒とかありえなくない？　俺なら恥ずかしくて死ぬわ』

『お前みたいなカスを産んだ親もカスだな。製造責任取って親子で首吊れよ』

罵詈雑言、人格否定、マウント、親の悪口――

彼らの口から出る人間の醜悪さを煮詰めたような言葉は、聞くだけで人の心を抉りそこにクソを塗りたくるのだ。そのため俺の心はいつも化膿して爛れ、腐り落ちてしまいそうだった。

あいつらの『説教』を腐ったヘドロの沼だとするなら、時宗さんが発している威圧感は大河の激流だ。少しでも気を抜けば押し流されてしまいそうな重みと勢いがあるが――その水は清廉で澄みきっている。

（俺を貶める気はない。蔑む気もない。自分より弱いサンドバッグを叩いて気持ち良くなろうなんていう底辺の発想はそもそもない）

だから、腐臭に塗れた悪意の沼で心が腐食していくあの恐怖はない。

どれだけ凄まじい迫力でも、ただ心に根を張って耐えるだけでいい。

（とは言え、社長クラスの圧力だから全然気は抜けないけどな！　冷や汗はずっと止まってないし……！）

だからこそ俺はルーティン行動で自分を切り替えたのだ。

これは逃げ場のないメンタル損傷覚悟のハード案件を前にした時に行っていたもので、自分の心と身体に『立ち止まるな！　進め！』という指令を出す儀式だ。

もちろんこんなものは簡単な自己暗示に過ぎないが、十二年も繰り返して使っている内にすっかり俺の中で定着し、今では緊張や恐怖をリセットし、メンタルを攻めの姿勢に切り替えるスイッチになっている。

「私の聞き間違いではないのだな？　君は娘に恋愛感情があると？」

「その通りです。俺は春華さんが本気で好きです」

「……っ！」

答えるべき言葉自体は簡単だ。

父親にこうまで真剣に問われたのなら、ただ俺の本心を答えるしかない。

言い淀んではならない。

一歩でも引いたり何かを誤魔化そうとすれば、それが隙となって時宗さんの胆力に押し切られかねない。

「……正直驚いたよ。春華から『友達』としての話を聞いた時も普通の高校生らしくないとは思ったが、ここまで心臓が強いとは」

俺への評価を一段階上昇させたのか、時宗さんの視線が一層鋭くなる。

それと同時に、俺の全身を圧迫する威圧感も増大する。

（ぐ……っ！　前世のどんな取引でもここまでのプレッシャーはなかったな！　陰キャな高校生だった俺なら過呼吸を起こしていたんじゃないかこれ……！）

「だが……そこまで言い切ったからには、もう君を子どもとは思わん。娘を奪いにきた一人の男として続けて問うぞ」

「はい、俺もそのつもりで答えます」

さらなる威圧に胃腸がゴロゴロ鳴り始めるが、努めて平静な顔で言う。

おそらく、今までは洗礼や釘刺し（くぎさ）というレベルだったのだろう。

それでも高校生相手に十分大人げなかったと思うが、時宗さん的には手加減していた。

そして――俺が冷や汗と共に紫条院さんへの恋心を誤魔化せば、自分の恋心を偽ったという負い目こそ背負うハメになっただろうが、そこまでで許してくれただろう。

（けど……俺はそこではっきりと紫条院さんが好きだと言ってしまった。だから時宗さんとしても俺を本気で相手せざるを得なくなった……）

娘の友達の高校生ではなく、紫条院さんと真剣な交際を望む成人男性レベルで相対すると時宗さんは告げている。

俺の宣言がもたらした結果とはそういうことだ。

だが、逃げ続けた人生を克服すると決めている俺に後悔はない。

俺の好きな人の父親が発する問いから、元より逃げるつもりはない。

「……春華は全国書店チェーンの社長令嬢であり、紫条院家現当主の孫にして次期当主の私の娘だ。紫条院一族の中では重い意味を持っている」

現当主……文化祭で紫条院さんが言っていた『おじいさま』が恐らくそうなのだろう。

そして時宗さんは自ら築いた大企業・千秋楽書店を引っさげて一族入りし、紫条院家を財政的に大いに潤して現当主の娘を娶った人だ。

なるほど、次期当主と呼ばれるには相応しいだろう。

「春華はゆくゆくは会社の権利を持ち、一族でも強い影響力を持つようになる。様々な思惑の中で政争に巻き込まれたり、敵対者が出てきたりするだろう」

普通の高校生のお気楽な恋愛とは訳が違うと、時宗さんは暗に強調する。

「春華も君も高校生だが、将来のことを抜きにこの話はできん。特殊な立場の春華を『本気で好き』というのはそういうことだ。君はそんな娘の未来を支えていける自信があるのかね？」

それはどう回答しても苦しくなる問いかけだった。

自信なんてないと言えば『その程度の想いか』と覚悟の不足を突かれ、自信はあると言えば『何を根拠にそんな大口を叩くのか』と言われるだろう。

そして俺の答えは――

「俺がもし将来春華さんの隣を歩いていけるのなら……彼女をどんな困難からも守りますし、やりたいことを助けます。そうできるほどの大成した大人の男に、俺はなります」

陳腐にも聞こえる台詞だが、偽りのない俺の本心だ。

前世において紫条院さんに降りかかった破滅、そしてその他のあらゆる困難からも彼女を守って、その笑顔を絶やさない。

それは俺が絶対に成し遂げたいことであり、そうすることができる男になりたいと心から思っている。

「ふん、口だけなら何とでも言える。春華を支えうるほどの大きな男になると言うが、そのための具体的なビジョンはあるのか？　これからいかなる道を進めば大成できるか想像力を働かせていなければ、そんなのはただの抱負だぞ」

時宗さんが鼻を鳴らして言うが、それは確かにその通りだ。

どれほど立派な売上げ目標や組織のゴールを掲げようが、そこに至るまでのフローチャートが決まっていなければただのフワッとした願望でしかない。

「将来へのビジョンですか。では、ご説明しましょう。ひとかどの男になるための俺の将来設計を」

「……なに？」

テーブルの上に備え付けてあるメモ帳とペンを断って借り、やや虚を衝かれた様子の時宗さんにその内容を示していく。

「まず……今の俺の偏差値がこれくらいです。高校二年生のものですが、三年になってからは大体これくらいの数値に達する予定です。俺の勉強の教え方と期末一位を取ったことを褒めてくださった時宗さんなら、この言葉をある程度信じて頂けると思っています」

「む……まあ、君が努力家なのはそうなのだろうが」

「そしてその偏差値から狙える大学の候補が――」

俺が狙う可能な限りハイレベルな大学の候補を次々と挙げていく。

それのみならず、狙う学部の候補と在学中にどんな資格を取得するかも。

「英語、簿記などは基本として、最終的に狙う就職先によってＦＰ資格、宅建なんかも候補に入ります。そして――」

俺が示すのは将来のルートだ。

どんな大学のどの学部に入ることができるのか？

その学部からどんな就職先が狙えるのか？

そのために必要な資格は？

その可能性の分岐を、枝分かれしていく木のように紙に書いて説明していく。

「そして、このプランを逆算すれば、例えばこのA社に入るには、K大に入って学部はここ、資格はこれで……というふうにルートがわかります。現在はそれを選んでいる段階ですね」

三年生までにはそれも決めたいところだが、紫条院さんと恋仲になれるかで変動するのでまだ未定だ。

「最終的な候補としてはS社、R社、T社……まだまだありますがとにかく最終的な到達地点はそんなふうに考えています」

「…………」

俺がそう答えると、時宗さんはなんとも言えない顔でしばし沈黙した。

プレッシャーが弱まるほどに困惑しており、なんだか若干引いているようにも見える。

「あー……その、ずいぶんよく調べているようだが……君はいつもこういうことを考えているのか？」

「はい。どれだけ計画しても将来うまくいくとは限りませんけど、一生懸命考えておくに越したことはないと思っています」

いつも考えて調べているのかと言われればその通りだ。

なにせ、前世における俺の人生の後悔の大半はあんなクソ企業に就職したことに尽きる。その轍を踏まないように、今から本気でプランニングするのは当然だ。

「そ、そうか……。そして目指すのは優良企業ばかりという訳か」

「はい、けど俺が重視するのは給料とか会社のステータスじゃなくてホワイト企業かどうかです。社員が心身ともに健康で、給料も不足なく、人間らしく生きていける就職先――そういう場所を求めるとどうしてもレベルが高くなるんです」

それは、今世における俺の譲れない点だった。

ホワイト企業。

罵詈雑言を浴びせられることもなく、身体が壊れるまで酷使されることもなく、休みが取れて、サービス残業がなくて、ボーナスが貰える夢の世界。

そこに辿り着き、二回目の人生こそ幸せになるのだ。

「そして、そういったそれなりの企業に就職して社会人として経験を積めば、あなたのような天才企業家にはなれずとも、大人の世界の力学を理解して春華さんを支えるくらいの力は身につくと思っています」

大人の男として力をつけるにはどうすればいいか——これはどう考えても経験しかない。だが、前世の俺は地獄のようなブラック企業でメンタルの強さは手に入れたものの、人生の喜びや道を切り拓く勇気が欠乏した歪な大人になってしまった。

ホワイト企業に入りたいというのは、今言ったようなさらなる社会経験を積みたいのと同時に、前世とは違う豊かなプライベートを経験し、自分を真に立派な大人として完成させたいという願いもあるのだ。

「もちろん、いい会社に入ったからって絶対に人生で成功する訳じゃないですし、男としての器の大きさは、そういうのと必ずしも関係がないことはわかっています」

「ほぉ？」

世間一般で羨まれる道を歩めば人間としても必ず大成する——そんな視野の狭い妄想は抱いていないと断っておくと、時宗さんが少し感心したような声を漏らした。

「ただ、今は春華さんを支えられる男になるためのビジョンを聞かれたので、少なくとも立派な大人になる道を真剣に考えていることを示したくて長々とお話ししました。不確かな未来を語る上で今言えるのはこれくらいですが……高校生が現在答え得る回答として不足でしょうか？」

時宗さんの目を見据えて、俺はその是非を問いかけた。

＊

私――紫条院時宗は、今目の前にいる少年が改めて特異な存在だと思い知っていた。

彼に放った『君が紫条院家の娘を支えられるほどの男になれるのか』という問いは、何の実績もない高校生にとって本来明確な答えなどない。

だからこそ、どう答えるかを見たかった。

そして彼はなんと自分の将来設計を語り出したのだが……それがまたやりすぎなまでに地に足がついたプランで、即興ではなく普段から将来をクソ真面目に考えているのは明らかだった。

（しかし……狙う大学を決めている程度ならともかく、就職候補の会社のことまですでにガチガチに調べているとは……ちょっと怖いぞこの少年）

だがこれだけ綿密に語られれば、『考えなし』『意気込みだけで何の保証もない』などとはとても言えない。

何か強迫観念のようなものすら感じるが、目の前の少年が自分を大成させるために極めて多くのことを考えているのは確かで、人生への闘志はありありと伝わってきた。

「……いや、不足とは言えないな。ありきたりな意気込みだけを語るよりは将来への覚悟を感じたよ」

「そ、そうですか」

　私がそう答えると、新浜君は少しだけホッとした顔を見せる。

「しかし、やけにホワイト企業にこだわっているんだな？」

「それは……愚かな大人を知っているからです。その男はブラック企業を辞める勇気すら持てずに馬車馬のように働いて、家族を悲しませたあげくに過労で亡くなりました。俺はそうなりたくないんです」

（家族を悲しませて死んだ男……母子家庭……はぁ、そういうことか？）

　そういった過去があるからこそ、この歳でこうまで慎重な計画魔になったという訳か。なるほど、ルーツがわかって安心したよ。

「その……俺からもいいでしょうか」

　この威圧感の中で、新浜君が頬に汗を伝わせながら声を上げる。

「ああ、これは男同士の話し合いだからな。言いたいことを言うといい」

　ではお言葉に甘えます、と社会人のような前置きをして新浜君は口を開く。

「時宗さんとしては、春華さんに会社の権利を活用する立場や、一族で影響力を振るう立場に立ってもらいたいと考えているんですか？　そして将来付き合ったり結婚したりする相手も、家柄や財力が必要だと……？」

それは、遥か昔に私が紫条院本家のジジイに放った問いと同じようなものだった。

その時のジジイからの回答は『その通りだこの青二才が！』だったので、秋子との婚約が決まった時は『悔しいか？　青二才に娘取られて悔しいか？　ん～？』と煽ったものだが、私の答えは――

「いや……あの子はそういうことに致命的と言っていいほど向いていない。本人が強く望むのなら考えるが、基本的には好きな職業に就けばいいと思っている。そして結婚も本人が幸せになれるのなら、相手の職業や家柄は問わない」

親としてはそう望んでいるが、それでも身分や立場というのは人生を翻弄する。

紫条院本家の考えはまた違うだろうし、春華を担ぎ上げようとする者、春華を娶って紫条院家での権勢を伸ばそうとする者――そういった奴らとあの娘は無縁でいられない。

（ええい、そんな私の気苦労も知らずに無邪気に喜びおって……！）

私が家柄や立場を重視する方針でないと知り、新浜君の顔がぱあっと輝いていた。

「だがっ！　いくら職業や家柄は問わんと言っても、それも私の目に適った者だけだ！

生半可な男を春華に近づける気はない！」

目の前の少年を牽制すべく、私は声を荒らげた。

＊

俺――新浜心一郎の耳に時宗さんの一喝が響く。

（くそっ、娘は渡さんオーラが本当に強いなこの人！　まあ俺だって紫条院さんみたいな超絶可愛い娘がいたらこうなるかもしれないけどさ……！）

けれど、その娘ラブな父親にある程度でも俺を認めさせないと、このほぼ面接な話し合いは終わらない。

俺の声を、この人に伝えなければならない。

「その……生意気を言うようですが、それはまず春華さんが判断すればいいんじゃないですか？」

「なに……？」

「春華さんは天真爛漫な性格ですけど、愚かじゃありませんし子どもでもありません。交際する相手の善し悪しは判断できると思います」

多少は慣れてきた威圧の空気の中、俺は時宗さんへ訴える。

「俺はいずれ春華さんに告白するつもりです。そしてフラれたら……自分でも悲しみから立ち上がるのに何日かかるかわかりませんが、ともかくそれまでです。時宗さんがわざわざ選別なんてしなくていいと思います」

もっとも、たとえフラれたとしても、彼女の破滅を食い止めることだけはどうあってでも成し遂げるつもりだが。

「春華がごく普通の娘ならその理屈が正しいだろう。だが——あの子は愚かでなくても純真すぎる！　君は子どもではないと言うがまだ子どもなんだ！　だからこそ父親として近づく男をふるいにかけなくてはならん！」

俺の真剣な言葉に呼応してか、時宗さんの声が熱を帯びる。

そして、言葉に感情がこもっていくのは俺も同じだった。

「それは……春華さんを見くびりすぎていませんか？　確かにあの素直すぎる性格を心配する気持ちもわかりますけど、まずは春華さんの気持ちを確認してからでも遅くないでしょう。それとも、少しでも近づいた男は今後も社長の迫力に任せた圧迫面接で全員排除していくんですか？　春華さんを一生結婚させないつもりなんですか？」

「ぐ……妻と同じようなことを言いおって……！」

ってオい！　やっぱり奥さんにも言われてるんじゃねえか！

まあ、それはさておき……。

「俺としては、今日ここで時宗さんに認められるかどうかわかりませんが——今後もただ努力するだけです。あなたがかつてそうしたように」

「なんだと……？」

感情の昂ぶりを消し、時宗さんがジロリと俺を見る。

俺もまた、その視線を真っ向から迎え撃つ。

「昔の雑誌で、時宗さんのインタビュー記事を見ました。あなたが紫条院家入りして話題になった時のものです」

それは、紫条院家にお邪魔することが決まった後に、向こうのご両親と会う可能性を考慮して図書館で調べたことだった。

相手のことを少しでも知っていると、話題に困らないし初対面でも和やかな雰囲気を作りやすい。前世の取引先担当者なんかと初めて会う際、俺がよく用いていた手法だ。

「あなたはそのインタビューの中で『そもそも俺は秋子と交際していて、頭の固い紫条院家に結婚を認めさせるために急いで会社をデカくしたんだ』と答えていました。当時の記事の書きぶりでは半ばジョークだと捉えてましたけど、俺は言葉通りの意味なんだと思いました」

「…………」

「あなたが頑張ったのは好きな人のためだった。もちろん自分の夢のためでもあったんでしょうけど……ひょっとしたら千秋楽書店という屋号も秋子さんの名前から字を取ったんじゃないですか？」

時宗さんは無言のままだ。

ただ黙って俺の話を聞いている。

「俺も同じです。好きな人のためには努力を惜しみません。時宗さんみたいにビジネスの世界で大成功を収める真似はできないですけど……春華さんの喜ぶ顔も、一生懸命な顔も、怒った顔も全部大好きで、隣にいたいという気持ちは誰にも負けない自信はあります」

言葉は考えずにすらすらと出てくる。

ただ単に、俺の胸にある本音そのままなのだから。

「だからせめて……俺が春華さんに告白するまでは側(そば)にいることを許して欲しいんです！どうかお願いします！」

座ったまま、俺は深々と頭を下げる。

そして——訪れる沈黙。

俺はこれ以上なにも言えるはずもなく、時宗さんも無言だ。

ややあって――

「……一つ気になることを言っていたな」

「え……？」

「春華の怒った顔だと……？　どういう状況でそれを見たのか説明してくれないか」

「は、はい……？　ええと、期末テストの時のことなんですけど……」

俺はその話を手短に語った。

期末テストと、御剣（みつるぎ）から挑まれた勝負。

その結果と、紫条院さんが御剣にブチギレたことを。

「御剣……？　まさかあの家の長男か？　まあいい。ともかくそこで春華は君を罵（ののし）る発言をしたその男子生徒に怒ったんだな？」

「はい、俺もびっくりしたんですけど……かなりの剣幕で、『二度と私に話しかけないでください！』とまで言ってました」

「そうか……あの春華がな」

言って、時宗さんは遠い目をして部屋に飾ってある家族写真を見た。

そこには、五歳ほどの妖精（ようせい）みたいな可愛さの紫条院さんが写っている。

「あの子は昔から、同性に妬まれがちだったが……それでも決して他人を怒らず自分の中に原因があると思い込んでいた。私たちもそれを改善しようとしたが、生来の性格なのかあまり効果がなかった」

ふう、とため息を吐き時宗さんは続ける。

「その春華がそこまで怒ったとなれば……それほど君に影響を受け、君に価値を感じているんだろう」

そしてまた少しの沈黙を挟み……まっすぐに俺を見た。

いつの間にか、あの重苦しい威圧感も消えていた。

「………本日の面接もどきの結果を伝える」

へ……？　結果？

「真面目なのはよく伝わったが、やや堅い。将来設計の話は綿密すぎて感嘆とドン引きが同時に来たので評価が難しいが、普通の高校生以上の回答を求めたのはこちらなのでまあプラスとしておこう。そしてそもそも私の威圧を耐えきったのは意味がわからん。心臓強すぎないか？」

「あ、あの……？」

「全体的に若者らしいフレッシュさが皆無なのはマイナスだが、私に臆することなく自分の意見を言えていたのはポイントが高い。あとこちらのエピソードを下調べして、それを最後の訴えの下敷きにしたのもまあまあだ。今の君の位置にいたのがかつての私なんだと改めて認識できたしな」

　まるでそういう試験だったかのように、時宗さんは淡々と述べる。

「総評としては……私の可愛い娘にとって有害な男とは言えないし、半端な覚悟でもないと判断せざるをえん」

「…………え……？」

　ということは、つまり……。

「あー……その、それでだ。これは元々妻に伝言を頼んでおいたことだが、今ここで私から言っておくべきだろう」

　ひどく億劫そうに、不承不承という感じで時宗さんが口を開く。

「あの子は君もさっき言っていたように、良くも悪くも天真爛漫で、親から見れば危なっかしいところもある。なので……その、まあ、なんだ……これからもあの子を助けてやってくれ」

　言った。

　本当に仕方ないという様子ではあるが、俺が紫条院さんに近づくことを許可してくれた……！

「は、はいっ！　ありがとうございますっ！」

「だが勘違いするなよ！　あくまで友達としてだ！　その分を超えるような真似は許さんからな！」

「もちろんわかっています！　いよっしゃあああああああああ！」

「絶対わかっていないだろう貴様っ⁉」

思わずガッツポーズをとってしまった俺に、時宗さんがキレ気味に叫んだ。

八章　あの娘の部屋でティータイムを

まるで予想していなかった圧迫面接という嵐が過ぎ去り、俺と時宗さんは揃って部屋を出て、リビングへと移動しているところだった。

普通の家庭ならすぐの距離だが、こうまで家が広いとまるで移動教室である。

「しかしまあ、御剣の小倅がまた春華にちょっかいをかけていたとはな……」

歩きながら時宗さんがポツリと漏らした呟きに、俺はつい敏感に反応してしまう。

ん……？　『また』ってどういうことだ？

「あの……御剣って小さい頃に何かやらかしたんですか？　春華さんが小さい頃に、時宗さんが御剣家に怒ったみたいなことを言っていたんですが……」

「ん？　ああ、御剣家の息子がパーティーで出会った幼い春華に舞い上がったようで、強引に引っ張って自分の家に連れ帰ろうとしたことがあってな」

うわぁ……あの野郎、小さい頃から本当にロクでもないことしかしてねえな……。

「当然未遂に終わったが、春華はかなり怖がっていた。だが息子本人は悪びれず、その親も『子どものしたことだから』と叱りもしないことに腹が立ってな。それ以後、御剣家とはビジネス以外の関わりは断ち切っている」

なるほど、そりゃあ親としてキレて当然だ。

紫条院さんは御剣と会った時のことを覚えていないと言っていたけど……その時の恐怖を無意識にシャットアウトした結果なのかもしれないな。下手したらトラウマになっても不思議じゃないことだし……。

「ところで、学校での春華はどうなんだ？　上手くやれているように見えるか？」

「そうですね……やっぱり美人すぎて女子からのやっかみはありますけど、最近はトラブルもなく行事とかも笑顔で楽しんでいます」

短い時間ながら濃厚に本音をぶつけ合ったせいか、俺も時宗さんも何か殻が取れたようにお互いへの接し方が変わっていた。

これはおそらく良い変化なのだろう。少なくとも、時宗さんは俺という存在を認可してくれているのだから。

「そういえば……文化祭で一緒に食事した時にお祭りの中で食べる焼きソバが好きだって言ってましたね。小さい頃は家族で縁日とかによく行っていたんですか？」

「……そんなことを言っていたか」

俺がふと思い出して言うと、時宗さんは廊下を歩く足を緩めて懐かしさを感じるように言った。

「あの子が幼い頃は私があまりに忙しくて、どこにも連れて行ってやれなかった。そんな中で時間を作って家族で行ったのが近所の縁日だったんだが……。そうか、その時の思い出をまだ大切にしてくれているのか」

娘の成長を振り返るような遠い目で、時宗さんは感慨深げに言った。

この人の圧迫面接には面食らったが……娘への愛情は本物であることは俺にとってとても喜ばしいことだった。紫条院さんの未来を悪意から救うことが目標の俺からすれば、親が彼女を想っていること以上に心強いことはない。

「……ん？　いや待て『文化祭で一緒に食事した時』……？　君と春華の二人で？」

「おっと、やっとリビングに到着ですね。いやあ、道に迷いそうでした」

「誤魔化すな貴様ぁ！　私の目の届かないところで何をやった⁉」

時宗さんの詰問を背中で受け流しつつ、俺はさっさとリビングへのドアを開けた。

お父さんには悪いが、安全地帯に逃げ込むに限る。

「あ……新浜君！」

　リビングに入ると、すぐに紫条院さんが駆け寄ってきてくれた。

「大丈夫ですか⁉　お父様に何かひどいことを言われませんでしたか⁉」

　俺と時宗さんの話し合いの間ずっとここで待っていて、俺を心配してくれていたのだろう。その優しさに圧迫面接で酷使した神経がじわりと癒やされる。

「いや、大丈夫だよ。心配するようなことは何もないって」

「そんなに服を汗で湿らせていて、何でもない訳ないです！」

　あー……確かに最後の方まで汗ダラダラだったもんな。シャツとかまだ微かに透けちゃってるか。

「お父様！」

「お、おう……何だ春華？」

　矛先が向き、時宗さんが後ずさるような声を出した。

「小一時間も新浜君を閉じ込めて一体何の話をしていたんですか⁉」

「い、いや、彼とは男同士の話し合いを……」

「それにしても長すぎです！　あと、さっき帰ってきた時に『なんだお前は』なんて失礼なことを言ってしまったのはちゃんと謝ったんですよね⁉」

「それは、その……」

流石の社長もプンプンと可愛く怒る娘の前には形無しだ。

そしてその様を俺が興味深く眺めていると、時宗さんが小声でボソボソと話しかけてきた。

（おい、助けろ新浜君……！　ここで私に恩を売っておくのが賢いぞ！）

（いえいえ、父娘のコミュニケーションを邪魔するのは悪いかなって）

（き、貴様……！　さっきまで汗ダラダラだったくせに急に図太くなりおって！）

（はは、時宗さんが俺の肝を太くするほど威圧してくれたおかげですよ）

俺個人としてはあの面接自体は父親のサガとして仕方ないとは思うが、家に招待した友達を急に連れて行かれた紫条院さんの怒りももっともだ。

そこはきっちり受け止めてもらおう。

「何をボソボソと言っているんですか！　ちゃんと答えてくださいお父様！」

「いやあの……しかし春華お前、本当に怒るようになったんだな……」

紫条院さんは今まで家の中でも怒りを露わにしたことがなかったのか、時宗さんは目を白黒させている。

もしかして紫条院さんがこんなに父親に強く出るのも初めてなのだろうか。

「もう、誤魔化さないでください！　いい加減にしないと私、お父様のことを嫌いになってしまいますよ！」

「ぐぁっ……⁉」

そう怒りの言葉を告げられた瞬間、時宗さんは心臓を矢で射貫かれたかのような衝撃を受けたようで、全身をショックで震わせていた。

さっきまで強面だった社長の顔が今にも泣きそうになり、足元すらふらついている。

本当に娘ラブなんだなぁこの人……。

「新浜君、お疲れ様。うちの人が本当にごめんなさいね」

「いえ、そんな……」

そして俺は秋子さんに労いの言葉を貰っていた。

どうやらこの人も娘と一緒にずっとリビングで待っていてくれたらしい。

「それでその……君のその晴れ晴れとした顔といい、あの人と気さくに話していることといい……もしかして……？」

「ええ、なんとか友達として春華さんの側にいる許可は頂きました」

「ウソぉ⁉　い、一発でＯＫが出たのぉ⁉」

この展開は予想外だったのか、秋子さんはとても驚いた顔を見せた。

「い、一体どうやったの？　あの人のことだから大人げなく超圧迫面接モードだったんでしょう!?　私としては今回は怖くて何も喋れなかったとしても、『春華と仲良くなりつつ徐々に攻略していけばいいわよ♪』って慰めるつもりだったのに！」

「はは……心臓が口から飛び出そうなくらいビビりましたし色々とダメ出しもされましたけど、無我夢中で言葉を尽くしたらギリギリで……」

まあ、確かにアレはゲームで言う負けイベントに等しかっただろう。

俺が普通の高校生であれば、時宗さんの迫力に打ちのめされて自分の恋心と覚悟をどうすればいいか悶々とするフェイズに入ったのだろうが……社畜力を結集して無理矢理突破してしまったのが現状という訳だ。

「はぁぁ……春華が連れてきた子だし、ひょっとしたら一発でいけるかもとは思っていたけど……本当に凄いのねぇ君は。本当に高校生なの？」

「う……まあ、フレッシュさがないとは時宗さんにも言われました……」

すみません。心の年齢は肉体相応の十六歳ですがメンタルはオッサンです。

というかあの圧迫面接を突破するには、そんなチートでもないと普通の高校生じゃ無理ですから！

「新浜君！　これからティータイムの予定だったのですけど……ここにいたらお父様がまた変なことを言い出すかもしれませんので場所を移しましょう！」

時宗さんに怒っていた紫条院さんが、突然俺へそんな提案をした。

ちなみに娘に糾弾された時宗さんは、その背後でしょぼんと悲しそうな顔でうなだれておおり、さっきまでの迫力は完全に行方不明である。

「あら春華。それはもちろん構わないけど、どこの部屋を使うの？」

「はい！　せっかくだから私の部屋に案内しますね！」

「「えっっ!?」」

笑顔であっさりと言う紫条院さんに、俺と時宗さんの驚愕の声がシンクロする。

わ、私の部屋……!?

私の部屋ということは……いつも紫条院さんが着替えたりくつろいだり就寝したりしている部屋ということ……か……？

「ま、待てえええええ！　何言っているんだ春華!?　というかお前ももう高校生なんだからいい加減無邪気な行いも自重しろ！　男を部屋に連れ込むなんて許される訳うぶぅ!?ん、うむぅー!?」

「ふふ、ちょっと黙っておきましょう時宗さん」

時宗さんの背後から秋子さんの腕がすっと伸び、顔面締めによってそれ以上の発言が封じられる。

「この人は私がこうして押さえておくから、二人とも早く行きなさいね～。あ、冬泉さん！　春華の部屋にお茶とお菓子を！」

「承知しました奥様」

ギリギリと顔面をホールドされた時宗さんが「うむぅ、むぐ、うぐぐぐー！」と呻く中、部屋の端に待機していたクール家政婦・冬泉さんが眉一つ動かさずに頷く。

「ありがとうございますお母様！　さあ行きましょう新浜君！」

「あ、ああ……」

妻のホールド技を食らって呻きまくっている大会社の社長を見て、俺はなんとなくこの家における真の力関係を理解した。

たとえどんなお金持ちや名家だろうが人類普遍の法則として――女は、強い。

＊

時宗さんとの面接とは別のベクトルで、俺は緊張しまくっていた。

なにせ、俺が今いるのは他ならぬ紫条院さんの私室であり、その中央にあるテーブルを前にした椅子に腰掛けているのだ。

（紫条院の家に足を踏み入れる時も嘘みたいだと思ったけど……紫条院さんの部屋にいるなんてもはや夢みたいだ……）

俺の部屋の四、五倍の広さの部屋はいずれの家具も高級品なのが見てとれるが、それ以上に何か特別なものがある訳じゃない。

けれど、どうしても想像してしまう。

あの勉強机で紫条院さんが期末テストの勉強に頭を悩ませ、休日にはラフな格好でライトノベルを読み、朝はあのダブルサイズのベッドから身を起こして寝間着姿で目をこすり、クローゼットを開けて制服に着替える。

そしてお風呂（ふろ）上がりなんかはこの部屋を一糸まとわぬ姿で——

（何を考えている俺ええええ!?　無邪気な気持ちで部屋に上げてくれた女の子に対して頭をピンク色にしてんじゃねえええええ！）

いかん……紫条院さんが普段生活している空間にいるかと思うとつい思考がよこしまなものになっていく……。

「……？　どうしたんですか新浜君？　なんだかとても緊張しているような……」

テーブルの向かい側に座っている紫条院さんが首を傾げる。

俺の悶々とした気持ちも知らず、いつも通り純真そのものだ。

「い、いや俺って女の子の部屋に入るのなんて生まれて初めてだから……」

「そうなんですか？　でもリビングと比べて特別なことはないですけど……」

特別だよっ！

紫条院さんが寝起きしている部屋なんて、この世のどんな部屋より超絶特別だよっっ！

（紫条院さんが子どもみたいに無邪気なのはいつものことだけど……この状況でそんなキョトンとした顔をされると、自分が女の子を騙して部屋に入り込んだ変態みたいに思えてくる……！）

「失礼しますお嬢様」

と、そこで軽いノックが響き、エプロンを着けた冬泉さんが配膳ワゴンとともに入室してくる。

しかし今更だが、現代日本で『お嬢様』なんて呼ばれる少女が目の前にいるなんて、アニメの世界に入り込んだような非現実感がある。

「ありがとうございます冬泉さん！　あ、お茶は私が注ぎますから！」

「かしこまりました。……こぼさないように注意してくださいね？」

「もう、大丈夫ですよ！　お客様の前でそんなミスはしませんから！」

まるでお姉さんのように心配する冬泉さんと、紫条院さんのやりとりが微笑ましい。ここに勤めている人たちはきっとお給料も職場環境も最高だろうなあ。

「では失礼します。……あ、それと新浜様」

「は、はい？」

名前を呼ばれて驚く俺の耳元にそっと口を近づけ、冬泉さんはぼそりと呟く。

（節度さえ守れば多少は攻めていいと思いますよ？）

「な……!? ちょ、ええ……!?」

「それではごゆっくり」

狼狽する俺と対照的に、冬泉さんは一礼して粛々と退室していった。

ええとこれは……家政婦の人たちも秋子さんと同じく俺が紫条院さんに近づくことを忌避していなくて……むしろ応援してくれている……？

「どうぞ新浜君！ 私の好きなブレンドです！」

俺があたふたしている内に、紫条院さんがすでにテーブルの上に茶会の準備を整えてくれていた。

煌びやかなボーンチャイナのカップに注がれた紅茶からはとても蠱惑的な香りの湯気が立ち、そのお茶請けのお菓子も堂々たる存在感を放っていた。

「うわ、凄い……！ 綺麗すぎて食べるのがもったいないな……！」

　紫条院さんのお手製であろうそのお菓子は、絢爛たるフルーツタルトだった。

　イチゴ、ブルーベリー、キウイ、メロン、ピーチなどが山盛りになっており、まるで輝きに溢れた宝石箱のようだった。

「人が喜ぶお菓子ってどんなものか悩みましたけど……一目見た時にぱぁっと気持ちが華やぐものがいいと思ってフルーツタルトにしました。男の子が好きなお菓子なのかわかりませんけど……」

「いや、最高だよ！　本当に綺麗だし！」

　昼の料理もそうだったけど、その豪華な見た目もさることながら、そうやって俺のためを思って悩んで作ってくれたという事実が何よりのご馳走だ。

　あまりにも嬉しくて、気を張っていないと涙ぐみそうになる。

（昼飯は食べすぎて苦しかったけど、時宗さんとの面接で時間が経ったしデザートくらい余裕だな。若い消化力って素晴らし――はっ⁉）

「な、なあ紫条院さん……もしかしてデザートも複数用意していたり……？」

「いえ、私が他にも作ろうとしたらお母様や冬泉さんから『あの量の料理だけで絶対十分だから！』って止められたのでこれ一つなんですけど……や、やっぱり足りませんでしたか⁉」

「いや十分！　全然足りるから！　ちょうどこれでぴったりと思っていたんだ！」

俺が必死にそう言うと、紫条院さんは「ふう、なら良かったです」と胸をなで下ろす。

だがホッとしたのは俺もだ。デザートまでドカ盛りだと流石に今度こそギブアップだった。

「それじゃ頂きます――うお、めっちゃ美味い……！」

紫条院さんが皿に取り分けてくれたタルトを口に運ぶと、いくつものフルーツの甘みと酸味がクリームと溶け合って掛け値無しに美味い。

「ふふっ、そうやって美味しそうに食べてくれると嬉しいです」

タルトを頬張る俺を見て、紫条院さんが嬉しそうに言う。

（美味い……可愛い、嬉しい……なんだここ。俺を幸せにするものしかない……）

素晴らしい香りのお茶に、俺の目の前で微笑むたおやかで美しい少女、そして彼女が作ってくれた甘いお菓子。桃源郷かここは？

「その……新浜君。さっきは父がすみませんでした。今日は勉強会のお礼として招待したのに失礼なことになってしまって……」

ふと紫条院さんがフォークを置き、そう切り出した。

その顔には申し訳なさが溢れており、俺が気分を害したと思っているようだった。

「はは、まあ確かにいきなり時宗さんと話すことになったのには驚いたよ。でも……本当にいいお父さんだな」

「え……？」

「これは紫条院さんのお父さんだからそう言ってるんじゃなくて、本当にそう思うんだ。会社のことで忙しいはずなのに、すごく家族を大切にしてるし、単なる娘の友達である俺の言葉もちゃんと聞いてくれた」

　まあいきなり高校生を捕まえて本気の圧迫面接をかます大人げのなさは擁護できないが、少なくともあの人に対しては俺の中で敬意すら芽生え始めていた。

　好きな人を想いの力で勝ち取り、仕事をこなしつつ家族も大切にしている。

　俺の理想とする姿と言っていいかもしれない。

「だから気にしないでくれよ。そりゃ最初はちょっととっつきにくかったけど、少し話した後はわりと気さくに話せて楽しかったし」

　まあ、本当は『ちょっととっつきにくかった』などというレベルではなく、敵愾心（てきがいしん）バリバリで死ぬほど難物だったんだが……。

「そ、そうなんですか……。お父様と新浜君が仲良くなってくれたのなら、私は何だかとても嬉しいです」

「ちなみに、学校での紫条院さんのこととか知りたがっていたよ」

「そうなんですか？　なら今度話しておいていいですけど……なんだか最近のことだと新浜君と一緒にいる話ばっかりになりそうですね」

「いや、その、なるべく紫条院さん本人のことを中心にね？」

紫条院さんの口から俺の名前が出るたびにキレ度が上がっていく時宗さんを想像して、俺は冷や汗を浮かべながらやんわりと言った。

「……ん？　あれって……」

紅茶に口を付けつつ、ふと気付く。

部屋の一角にガラス戸付きの至極立派な本棚があるのだが、そこに収まっている本の背表紙にはほぼ全て見覚えがある。

「え……本棚全部がラノベで埋まってる⁉　すごい数だな！」

「あ……はい、そうなんです。ラノベに出会ってから本が増える一方で……」

恥ずかしいところを見られたという様子で紫条院さんが言う。

「そう言えば月四十冊読んでるとか言ってたっけ。でも明らかにそれ以上の数があるような……？」

「その……期末テストという難関も突破できたので、名作をたくさん買ってみたんです。『天空のベルが鳴る星で』とか『猫と胡椒（こしょう）』とか『プリズン・ジャケット』とか、他にもいっぱい……」

どれも名作でなかなかボリュームがある作品ばかりだ。

大人買いでシリーズを揃えられるのはいいなあ……。

しかしどうでもいいが、あの蔵書の中で十四年後も完結していないシリーズがいくつもあると教えてあげたら紫条院さんはどんな顔をするだろうか。

「それにしても……オススメを教えたのは俺だけどここまでハマるとは……」

「ああ……懐かしいですね。初めて新浜君と話をした時のこと」

そう、紫条院さんがネットで評価が高いというライトノベルを図書室で探していて、根暗だった俺に声をかけたのが俺たちの最初の接点だった。

俺の体感としては十四年前の……本当に遠い思い出だ。

あの日はとてつもなく素敵な少女と言葉を交わせたことで頭がいっぱいになってしまい、その夜に布団の中で多幸感のままにジタバタしてしまったことまで覚えている
「あの時は、こんなにも新浜君にお世話になってしまうなんて思ってもいませんでした。おかげでこの一学期は嬉しいことばかりで……あの学校に行って良かったと改めて思いました」

「そう言えば……紫条院さんはどうしてうちみたいな普通の学校に来たんだ？　なんとな

く今まで聞けてなかったけど……」

「それは……私の希望なんです。私の親戚なんかは名門の女子校に通っている子も多いですけど、私はどうしても昔からそういうところが苦手なんです。自分の実家は何をしているとか、お金をどれくらい持っているかとか……そんな話題が好きな子が多くてどうにも話が合わなくて……」

なるほど。あの馬鹿王子の御剣ほどじゃなくても、お金持ちの子女が集まる学校では少なからずそういうエリートさの比べ合いがあるのだろう。

純粋で清い価値観を持つ紫条院さんには、とても合わない環境だ。

「けど普通の高校に入ったものの、浅い交友関係は作れても親友と呼べる人には出会えませんでした。どうしても溝というか……みんな私には一歩引いてしまうんです」

（それは……きっとほとんどの女子たちは意地悪している訳じゃなくて、萎縮してしまっているんだろうな……）

多くの男子にとって紫条院さんがとても声をかけることのできない高嶺の花であるのと同様に、女子にとっても紫条院さんは何とも距離を詰めがたい存在なのだろう。

お金持ち、お嬢様、美貌、男子からの人気――そういった要素がお近づきになるのを気後れさせてしまっているのだ。

「だから新浜君が私のために色々してくれることも、私に積極的に関わってきてくれたことも……もの凄く嬉しかったです」

「紫条院さん……」

俺が紫条院さんとお近づきになろうと積極的になったのは、あの悲惨な未来から憧れの人を守りたかったからであり——現在はそこに『好きな人だから』という理由も追加されている。

けれどそれが結果的に紫条院さんの心にとってプラスになっていたのなら、こんなに嬉しいことはない。

「あ、でも最近は風見原さんや筆橋さんがとてもよくしてくれています。これも新浜君が引き合わせてくれた縁ですね」

「いやいや、縁を繋いだのは俺じゃなくてタコ焼きだろ？」

「あはははは！　それもあります！　あの大変だった時のことはタコ焼きを見るたびに一生思い出しますね！」

俺の憧れの少女は屈託のない笑顔を浮かべる。

その様はまるで大輪の花が咲き誇るようで、とびきりに美しい。

ああ、本当にどうして彼女はこんなにも心が綺麗なんだろう。

美しくて、優しく、温かい少女。本当に妖精か天使だと言われてもノータイムで信じられる。

「うおっと……」

紫条院さんに見とれていたら、タルトのカスタードクリームを胸にポトリと落としてしまった。いかんいかん、ボーッとしすぎだ。

「あ、動かないでください。すぐに拭きますから」

「え……？」

紫条院さんは席を立って部屋の隅に置いてあったウェットティッシュを数枚取り、すたすたと俺に近づく。

そのあまりにも自然な動きに、俺はただ座って見ていることしかできない。

「じっとしててくださいね」

「ひゃ……⁉」

俺は思わず女子のような声を上げてしまった。

何せ、紫条院さんは座る俺の前に屈んだかと思うと、そのまま手を伸ばして汚れがついたシャツを拭き始めたのだ。

（ち、近い……！　俺の胸のすぐ上に紫条院さんの顔がある……！）

しかも、ウェットティッシュごしに紫条院さんの手の感触が伝わるばかりか、その豊満な胸が今にも俺の身体に触れてしまいそうだった。

あまりにもあっさりと至近距離を占拠され、俺はただ赤面することしかできない。

「ふう、これでひとまずＯＫです！　後でクリーニングに出して――」

そこで紫条院さんは顔を上げた。

そして――二十センチ程度しかないごく至近距離で、俺たちは目を合わせる。

「あ……――」

紫条院さんはようやくこの近さを理解したようで、顔を朱に染めていく。

それが自分の行いにはしたなさを感じたためなのか、ただ異性に近づきすぎたことに気付いて動揺したのか、俺にはわからない。

けれど、俺たちは間違いなくお互いを意識していた。

気恥ずかしさでいっぱいの顔が二つ向かい合ったまま、何も言うことができず、押すも引くもできない。

（すごく……甘い匂いがする……）

頭がぼんやりする。

紫条院さんの顔が、ごく間近にある。

彼女の息づかいや匂いをありありと感じられる。

どこにいても彼女の匂いしかしないこの部屋で、俺の理性がアイスクリームのようにじんわりと溶けていく。

(今、俺が手を伸ばしたら……捕まえてしまえる……)

彼女に触れたい。

抱きしめて、好きだと言って彼女の全てを手に入れたい。

そんな衝動が、俺の中でどんどん膨れ上がっていく。

無意識が、俺の手を微かに持ち上げる。

そしてそのままその手は衝動のままに——

と、そこでふと気付く。

部屋の入り口のドアのほんの僅かに開いた隙間。

そこからこちらをじぃぃぃぃと覗いている怨念の塊のような血走った瞳の存在に。

「ひぃぃぃぃぃぃ!?」

「え? 新浜君どうし……きゃあぁ!?」

振り返った紫条院さんも部屋のドアに突如発生したホラーに悲鳴を上げる。

あ、あれってまさか……!

「貴様あぁぁぁぁ……！　早速分を超えた真似をしおってぇぇぇぇ！」

ドアをギィィィと開けて現れたのは、憤怒の化身となった時宗さんだった。

青筋が浮きまくっており、その表情は『殺す』と言わんばかりである。

「心配になって覗いてみれば案の定だ……！　私の家で不埒な真似に及ぼうとは不届き千ば——んぐっ⁉」

「ああもう、じっとしてなさーい！　娘の部屋に無許可で突撃なんて、しばらく口をきいてもらえないレベルで嫌われるって言ったでしょう！」

キレる時宗さんの背後から現れた秋子さんが、さっきと同様に夫の顔面をガッチリと腕でホールドする。

「うぐ……ぷはっ！　は、放せ秋子！　そもそも娘の部屋に男がいること自体許されないんだ！　父として黙っていられむぐぅっ⁉」

「もー！　若い時は実家の私の部屋までよじ登ってきた人がどの口で言うの！　今すっごくいいところだったみたいなのに時宗さんのお邪魔虫！」

名家のセレブ妻と敏腕社長は激しく言い合いながら、娘の部屋の前でどったんばったんとプロレスを繰り広げる。

そして最終的に秋子さんの腕力が勝ったようで、時宗さんは妻に口を封じられたまま、猿ぐつわを噛まされたように「んー！　むぐぅぅー！」激しく唸ることしかできなくなっていた。

しかしその状態でも、娘の部屋に居座る俺に怒りの視線を向けているのがめっちゃ怖い。

「ふう、やっと大人しくなったわぁ」

「あの……お母様。どうして二人して私の部屋の前にいるんですか……？」

流石の紫条院さんもジト目でプロレス夫婦に非難めいた視線を送る。

普段から彼女の機微に触れてきた俺だからわかるが、この感じは……なかなかに怒っているな。

「あ、あはは……ごめんなさいね！　ちょっとこの人を逃がしちゃって！　さあさあ続きをやって！　私たちのことは一切気にしなくていいから！」

「できるわきゃないでしょうがあああああ⁉」

期待に溢れるキラキラした母親の目と怨念に満ちた父親の瞳に晒されながら、俺はこの日における最大級のツッコミを叫んだ。

ああもう……この家の人たちはみんな本当に変わってる……。

エピローグ1　戦果報告したら妹の腹筋が死んだ

紫条院家での長い一日が終わって帰宅したその翌日。

俺の家の居間で、妹は笑い袋と化していた。

「ぷ、ぷわははははははははっ！　何それ何それ！　何で好きな子に告白するより先にそのママとパパに娘さんが好きですって告げちゃってるの！　くく、あはははははは……！ちょっ、もう、今度こそ腹筋死んじゃう……！」

あんまり話をねだるので、紫条院家に招待された時のことを話してやったのだが、話が時宗さんの面接のところまでさしかかっただけでこれである。

「仕方ないだろ！　秋子さんも時宗さんもガチで聞いてきたんだぞ⁉　特に時宗さんとの面接は、怖いなんて理由で恋愛感情を誤魔化していたら、今頃は自分の心に嘘ついた自己嫌悪に沈んでいただろうし！」

「いやそうだろうけどさぁ……！　結局気楽な食事会のご招待だったはずが結婚の挨拶み

たいになってるじゃん！　特にそんな過保護全開なパパに娘ラブを叫ぶとかもう……くくっ笑わないとか無理だって……！」

　ええい、俺が死ぬほど緊張した場面を爆笑しやがって！

　そんなに笑いたいのならもっと笑わせてやる！

「ああ、叫んださ！　『春華さんが好きです』から始まって『この想いは誰にも負けないと自負しています』『本気で好きです』『喜ぶ顔も、一生懸命な顔も、怒った顔も全部大好き』と実の父親にしつこくしつこく言った！」

「ちょっ、やめ……あはははははははははははははははっ！　もう、もう息が……くっ、ひはははははははははははははははっ！」

　俺が笑いの火に薪をくべると、香奈子は床にごろごろと転がってワライタケでも食ったかのように大爆笑した。

　くそぉ、俺も他人事だったら爆笑できたのに……。

「はー……ひぃー……ああ、ヤバかったー……。マジで死ぬかと思うほど笑ったよ……どんな芸人より兄貴の恋愛をウォッチングしてる方が笑えるっていう事実がすでに笑えるし……」

「おいこら、前々から言ってるけど俺はお前にエンターテインメントを提供するために恋愛してるんじゃないからな？」

「ははっ、ごめんごめん。でもパパとの面接がうまくいったのは大金星じゃん！」

「ああ……友達認定とはいえ、我ながらよくあの面接を突破できたなと思う」

時宗さんも高校生にアレを攻略できるとは思っていなかったようで、驚きと同時に『何なんだこいつ……』って感じでやや呆れ顔になってたし。

「けど……肝心の紫条院さんとは何もなかったの？　ごはんを一緒に食べただけ？」

「いや、そうでもない。時宗さんの面接の後に紫条院さんの部屋で二人っきりでティータイムになって……」

「おおおおお!?」

「ふとしたことでお互いの息がかかりそうなくらいに接近したんだ。それで俺も至近距離から感じる紫条院さんの匂いに理性が緩んできて……つい彼女に手を回して……」

「おおおおおおおおおお!?」

「そこで時宗さんが殺人鬼みたいな目で部屋を覗いているのに気付いて、甘い空気は全部弾けて消えた」

「ああああああああああああ！　もぉおおおおおお！」

怖かったなぁ……アレ。

俺をある程度認めてくれはしたんだろうが、やはり紫条院さんがらみのこととなると全力で阻止しようとしてくる。本当に死ぬほど娘が大事らしい。

「なにそれもう！　紫条院パパがいなければゲームセットだったかもなのに！」

「ちなみに秋子さんも夫を止めに乱入してきた」

「なんかお金持ちって変な人多くない⁉」

「俺もそれは思った」

紫条院さん自身も掛け値無しの天使だが、あの天然具合が普通の人かと問われたらなんとも反論しようがない。

「あー残念……そこでラブな戦果は打ち止めかあ……」

「ああ、その後はもう遅くなってたし、おいとましたよ」

紫条院さんはやや名残惜しそうに、「また学校で」と微笑んでくれた。

秋子さんは「また遊びに来てね！　絶対来なさい！」と目をキラキラさせており、時宗さんには「今度節度を忘れたら覚えておけよ……！」と釘を刺された。

だが、俺は今後も決して自重するつもりはない。

大きなヤマは越えたが、今後も油断せず紫条院さんに接近していく所存だ。

というか、秋子さんの言葉の端々から、時宗さんが若い時は俺の比じゃないほどロックな恋愛をしていたらしいことが判明すると『あんたが言うなぁ！』と言いたくなった。

紫条院家当主に『お前はもう娘に近づくな！』と言い渡されたその日に家の壁をロッククライミングして秋子さんの部屋の窓をノックしたとか、秋子さんが望まないお見合いの日に乱入してメチャクチャにしたとか映画かよ。

「ん？　そういやさっきから兄貴は何を書いているの？」

「ああ、これか？　紫条院さんの家に出すお礼の手紙だよ。先日は招いてもらってありがとうございます。楽しかったですってな」

「うわあ、流石兄貴……！　相変わらず全然若者らしくない気配り……！」

ぐっ……なんか紫条院家を訪問した時といい、最近『若者らしくない』を連呼されまくってないか俺……？

いや、しかし結構こういうのって大事なんだぞ？

メールでお礼を言える間柄じゃない場合は、こちらの好意や感謝を伝えるには口頭か手紙しかないし、紙の手紙はデジタルより手がかかる分、相手もこめた気持ちを自然と強く受け止めてくれるんだ。

「まあ、それはいいけど……これからも追撃の手は緩めちゃだめだよ兄貴」

これまでたびたび俺を導いてくれた恋愛軍師モードになって香奈子が言う。

「紫条院さんが兄貴のことをどう思っているのか、本当のところは私にもわからないけど……どうとも思ってないのなら絶対家に呼んだりしないから！　いくら恩を感じていてもお礼の品を渡して終わりだったたって！　絶対脈はある！　このモテ中学生の香奈子ちゃんが保証する！」

「お、おお……お前が言うと謎の説得力があるな……」

十四歳の女子中学生だが恋愛力は俺より遥か上だもんな……。

「という訳でこれからのシーズンで童貞を捨てられる勢いで頑張るように！　兄貴にはハードルの高さがエベレストだけど、目標は高いほどいいから！」

「クソ失礼だなお前っ!?　あと今更だけど女の子が童貞とか言うな！」

「あ、それと『念のために……』とか言って財布にゴムを忍ばせておくのはやめた方がいいよ？　なんか私の友達の彼氏が、カフェでお金払う時にぽろっと落として軽く地獄だったらしいし」

「するかああああああ！　お前わざと話をエロい方向にして俺をからかってるだろ!?」

「ちっ、兄貴のくせにカンがいい……！」

そんな俺たち兄妹の定例と化したやりとりをしつつ、妹への戦果報告会も終わり――

新しい季節はほんの少しの猶予を残して目前に迫っていた。

エピローグ2 ほんの少しステップは進み、夏はやってくる

放課後の夕方。

俺と紫条院さんは図書委員の仕事のため二人で図書室にいた。

「やっぱり主人公がカッコいいライトノベルはいいですね！　最近一気読みした中では『魔術士オーファン』とか最高でした！」

「ああ、あいつカッコいいよなぁ……。五巻で過去の自分と戦う時の台詞が一つ一つ胸に響いて、めっちゃ好きになったよ」

「そうそう、そうなんです！　私もその巻がすっごく好きで――」

図書室のテーブルに向かい合って座る俺たちは、いつも通り図書委員の仕事の合間にラノベ談義を楽しんでいた。

それは趣味と恋愛がマッチした至高の時間であり、いつもの俺ならただその幸せに身を浸しているだけなのだが、本日ばかりはちょっと事情が違った。

何せ今日は、この時間の中でこなすべきミッションがあったからだ。

（今日こそ……今日こそ言い出さないといけない……！）

ドキドキと高鳴る胸をなだめて、俺はタイミングを見計らっていた。

言うべきことはシンプルであり、その内容もこうやって紫条院さんと軽く談笑できるようになった今では特に不自然なことでもない。

たった一言――アレを教えてくれとさえ言えばいい。

（本当はもっと早く聞くべきだったんだよな。実はまだ聞いていないって言ったら周囲から総スカンだったし……）

思い返すのは、俺に近しい奴らの呆れ顔だ。

『は？　まだ聞いてないとか……何やってんの兄貴？』

『お前マジかよ……あれだけ仲良くなってて……』

『はい……？　今までいくらでも聞く機会はあったでしょうに、一体何をやっているんですか？』

『まだだったの⁉　え、ジョーク？』

以上が妹の香奈子（かなこ）、銀次（ぎんじ）、風見原（かざみはら）、筆橋（ふではし）から頂いたありがたい言葉の数々だ。

そして、客観的に見ても理があるのはあいつらの方であり、未だアレを聞き出せていない俺が悪いのだ。

だからこそ……今日こそ切り出さなくてならない。

(言うんだ……！　紫条院さんの携帯のメールアドレスと番号を教えてくれって……！)

それこそが俺が先ほどから悶々となっている案件だ。

今までは……学校に来れば紫条院さんとは必ず会えた。勉強会も図書委員の仕事も、同じクラスなのだからいくらでも打ち合わせできた。

だから特に不便は感じていなかったが――あの紫条院家へ訪問した日の待ち合わせで、俺は未だに紫条院さんのメールアドレスすら知らないことに凹んだのだ。

もうそろそろ一学期が終わり夏休みがやってくる。

このまま電話番号とメアドを交換しないまま終業式を迎えてしまうと、約一ヶ月もの間、俺たちは接点を失ってしまう――そんな当たり前のことに気付いたのがあの時だ。

(さほど会話のない間柄だったらこれを聞くのはナンパ以外の何ものでもないけど……紫条院さんの俺への認識が『友達』までランクアップしている今なら何の問題もないはず……だよな……!?)

前世で女の子にメアドを聞く機会なんて皆無だった俺は、童貞マインドを抱えて踏ん切りがつかない思考を延々巡らせてしまう。

だが、ずっと頭の中をグルグルさせていても始まらない。

「あ、あの……紫条院さん、その、メ……メ……！」

「……新浜君っ！　と、突然ですけど、もしよければ私とメールアドレスを交換してくれませんか！」

（……へ？）

逡巡からメーメーと羊が鳴いているみたいになっていた俺の声は、同時に紫条院さんが発した声に吹き飛ばされた。

一瞬何が起こったかわからず、俺は目を丸くしてしまう。

「す、すみません……いきなりこんなことを言われても驚くかもしれませんけど、今日はお話ししながらもずっと頭の片隅で考えていて……」

俺の驚きを察している気配はなく、紫条院さんはやや照れくそうに自分の髪に指を絡めていた。

「実は最近、風見原さんや筆橋さんとアドレス交換したんですけど……できれば新浜君ともと思って……どうでしょうか？」

まるで小さな子どもが親にプレゼントをねだるように、紫条院さんは微かに頬を朱に色づかせて、上目遣いでお願いを告げてきた。

（う、うわああ……そ、そんな目で見られたら……）

自分のアドレスなんぞをこんなにも可愛くおねだりされて、俺のハートは激しく揺さぶられる。さらに、少女の表情に拒絶の可能性を案じた一抹の不安が混ざっているのに気付き、そのいじらしさがこれまた俺の男子な部分をピンポイントで貫く。

もちろん答えは一つしかない。けど……紫条院さんの提案にこれ幸いと乗っかるだけじゃ駄目なんじゃないかと思う。俺もまた、自分の気持ちを告げておかないといけない。

「……偶然すぎて驚いてた。その、実を言うと……俺も今まさに同じことをお願いしようとしていたんだ」

「え⁉ そ、そうなんですか⁉」

さっきからお互いにそれを告げる機会を探していたのだと知り、紫条院さんは驚きに目を瞠（みは）り、俺は苦笑する。

こんなことが被るなんて、俺たちは案外似た者同士なのかもしれない。

「だから……改めて俺からも頼む。俺とメアド交換してくれないか？」

「……っ！　はいっ！　是非、お願いします！」

俺が告げると、紫条院さんはぱあっと顔を輝かせた。その無垢（むく）な喜びの表情こそ、俺の心に何よりも深い多幸感をもたらす。